KB062394

로크미디어가
유혹하는
재미있는 세상

ROK
MEDIA
로크미디어

# 사상 최강의 양손 투수 3

2023년 5월 18일 초판 1쇄 인쇄
2023년 5월 23일 초판 1쇄 발행

**지은이** RAS
**발행인** 강준규

**기획** 이기헌 왕소현 박경무 강민구 조익현
**책임편집** 천기덕
**마케팅지원** 이원선

**발행처** (주)로크미디어
**출판등록** 2003년 3월 24일
**주소** 서울시 마포구 마포대로 45 일진빌딩 6층
**Tel** (02)3273-5135  **Fax** (02)3273-5134
**홈페이지** rokmedia.com  **E-mail** rokmedia@empas.com

© RAS, 2023

값 9,000원

ISBN 979-11-408-0943-1 (3권)
ISBN 979-11-408-0940-0 04810 (세트)

ROK
MEDIA
로크미디어

# 사상 최강의 양손 투수

RAS 스포츠 장편소설 ③

CONTENTS

인터 리그     7

약 주고 병 주고     69

빌드 업     131

92     189

필멸자의 몸부림     251

인터 리그

한국이나 미국이나 기자란 특종에 목마른 존재들.

김신이 투척해 준 소스를 양국 기자들의 손가락이 부리나케 퍼 날랐다.

뉴욕 양키스, LA 에인절스 상대로 9-4 승리 거둬

나에게 패배는 없다! 10연승의 투수 김신!

김신과 그렉 매덕스의 아름다운 동행!

김신의 스승, 그렉 매덕스는 누구인가

트라웃과 김신, 이색적인 유니폼 교환

그 화제의 소용돌이 속에서 헤엄치고 있는 인물 중 하나가 스마트폰을 두드렸다.

　－한번 읽어 보세요. 기분 좋아지실걸요?

　일어나자마자 보냈는지 방금 전에 도착한 메시지에는 친절하게 링크까지 달려 있었고.

　"어디 보자⋯⋯."

　그 링크를 누르자 새로 열린 창을 가득 채운 글은 제목부터 그의 입가에 미소를 만들었다.


　　**그렉 매덕스의 체인지업에 대하여 - DVC80**

　모두들 반가워. 그동안 뜸했지? 사실 결혼을 하게 돼서 많이 바빴거든. 어쨌든 각설하고 오늘은 어제 경기 이후 화제가 된 그렉 매덕스에 대한 분석이야.

　여기 들락거리는 놈들이면 대부분 알겠지만 그렉 매덕스는 투심으로 아주 유명하지. 근데 사실 매덕스의 결정구는 서클 체인지업이었다는 사실, 알까 몰라?

　빌어먹을 외계인의 서클 체인지업이 워낙 대단해서 조금 묻힌 감이 있었는데, 이번 기회에 재조명돼서 기뻐. 영상 달아 둘 테니 한번 봐 봐. 마지막에 김신의 서클 체인지업이랑 비교도 해 뒀다.


　글 아래에 강조되어 적혀 있는 너튜브 주소.

　거기까지 찾아가 자신의 체인지업이 얼마나 대단했는지,

김신의 체인지업이 얼마나 자신의 것과 유사한지에 대한 영상을 꼼꼼히 살펴본 그렉 매덕스는 흡족한 웃음을 터뜨렸다.

"하하하하! 웬만한 구단 분석 팀보다 나은데?"

찬사는 아무리 들어도 부족한 법.

이미 4회 연속 사이 영을 비롯해 전설적인 업적을 많이 남긴 그였지만, 이렇게 과거의 활약상이 재조명되는 걸 직접 보자니 기쁜 마음을 숨기기 힘들었던 것이다.

또한 제자 잘 키웠다고 제2의 야구 인생에 대한 찬사까지 함께 들었으니 오죽할까.

하지만 영상 말미로 갈수록, 그렉 매덕스의 표정은 점차 굳어져 갔다.

'벌써 이런 것까지 제작됐을 정도라……'

현재 김신이 장착한 서클 체인지업의 시작과 끝을 함께한 그다.

당연히 그 공이 어떤 수준에 서 있는지 잘 알았고, 그를 통해 어느 정도의 파급력이 나올지는 예측하고 있었으나.

'103마일, 유니폼 교환, 10연승, 거기에 내 이름까지……
너무 화제가 됐어.'

LA 에인절스와의 3차전, 몇몇 김신의 행동은 그 파급력을 예상외의 수준으로 만들었다.


이해가 안 되는 점은, 김신이 도대체 언제부터 체인지업을 연마했냐는 것이다. 그렉 매덕스와 김신이 만난 것은……

의문을 던지면서 끝난 영상.

그렉 매덕스는 스마트폰을 내려놓으며 뇌까렸다.

"한 번 더 주의를 줄 필요가 있겠군."

물론 김신이 자기 통제를 잘해 내는 것은 알고 있다.

그러나 이십 년 넘게 타자의 심리를 가지고 놀았던 그렉 매덕스의 눈은 그 내면까지도 꿰뚫어 봤고.

'대중의 관심을 좋아하는 녀석이야.'

그렇기 때문에 더욱 주의를 주지 않을 수 없었다.

안 그래도 리스크를 지고 성급하게 사용하고 있는데, 한술 더 뜨면 큰일이니까.

아무리 그의 도움이 있었다 하더라도 고작 한 달.

그 짧은 시간에 자신만의 구종을 만들어 낸 천재 제자가 부러진 날개에 신음하는 꼴을 절대 두 눈 뜨고 볼 수는 없었다.

그렇게 김신이 질색할 매덕스의 잔소리가 결정되는 순간.

"일찍 오셨군요."

집에 있던 매덕스를 호텔 레스트랑까지 불러낸 인물이 인사를 건네 왔다.

"오랜만이오, 캐시먼 단장."

그 정체는 양키스의 단장, 브라이언 캐시먼.

그렉 매덕스가 김신과 필 휴즈에게 가르침을 준다는 사실
이 그의 귀에 안 들어갈 수는 없었고.

캐시먼은 이미 이 주 전에 그렉 매덕스와 접촉해 약속을
잡은 상태였다.

그런데 공교롭게도 그날이 김신의 등판 다음 날인 오늘이
었던 것.

"어쩌다 보니 오늘 나눌 이야기가 좀 늘어나게 됐군요."

"글쎄."

능숙한 미소를 지으며 그렉 매덕스의 반대편에 착석한 캐
시먼은 천천히 자신의 스킬을 늘어놓으려 했으나.

"식사는 어떻게 하시겠습니까? 여기 스테이크가 정말……."

수많은 단장과 선수를 어르고 달랜 스킬을 발휘할 시간은,
그에게 주어지지 않았다.

"난 이미 먹고 왔으니 괜찮소. 그것보다 본론이나 얘기하
지. 양키스의 투수 인스트럭터 자리는 거절하겠소."

하지만 캐시먼은 익히 예상했던 말인 양 담담히 고개를 끄
덕였다.

"그러시군요. 아쉽습니다."

그렉 매덕스의 화끈한 성격과 입담은 이미 잘 알려진 바.

어차피 거절할 불편한 식사 자리에 오래 있고 싶어 하지
않으리란 건 캐시먼의 상정 내였으니까.

그래서 캐시먼은 담담히 다음 스텝을 밟았다.

"그렇다면 이건 어떠십니까."

"……?"

캐시먼이 가방에서 자연스럽게 꺼낸 서류.

그곳에 적혀 있는 듣도 보도 못한 직책명에 그렉 매덕스의 눈썹이 치켜 올라갔다.

"야구 운영 부문 단장 특별 보좌? 지금 나랑 장난하자는 거요?"

명칭만 길게 바뀌었을 뿐 하는 일은 차이가 없는 똑같은 제안에 그렉 매덕스는 역정을 냈지만, 판에 상대를 끌어들이는 데 성공한 캐시먼은 본격적으로 준비했던 것들을 선보이기 시작했다.

"그럴 리가요. 투수 인스트럭터 말고, 단장 특별 보좌로서 그렉 매덕스 씨가 마음에 드는 몇 명만 봐 주십사 하는 겁니다. 김신 선수나 필 휴즈 선수에게 하시는 것처럼요. 기왕이면 돈도 받으시면서."

"흥. 그게 그거지. 그리고 몇 명? 의도가 너무 뻔한 거 아니오?"

"하하, 그런가요. 그래도 이걸 한 번만 봐 주시죠."

아까의 서류 가방에서 또 다른 문서를 꺼낸 캐시먼은 그것을 그렉 매덕스 앞에 밀어 놓고 태블릿 PC를 펼쳤다.

"같이 보시면 도움이 될 겁니다."

"흐음."

캐시먼의 최종 의견까지 들어간 양키스 내부의 스카우팅 리포트와 태블릿 PC에서 상영되는 어떤 투수의 피칭 영상.

번갈아 그것들을 바라보던 그렉 매덕스의 고개가, 어느 순간부터 태블릿 PC에만 고정되기 시작했다.

그리고 그것을 기다렸다는 듯, 캐시먼의 입에서 이름 하나가 흘러나왔다.

"코리 클루버."

김신이 찔러 보았던 감이…….

"곧 핀스프라이트를 입을 투수죠."

달콤한 과즙을 흘렸다.

🏀

그렉 매덕스가 떠난 뒤.

브라이언 캐시먼은 홀로 남아 스테이크를 썰었다.

으적- 으적-!

그가 선호하는 티본 스테이크는 여전히 맛있었고.

'절반은 넘어왔다. 나머지 절반이야 곧 채우면 되니…… 엎어질 일은 없겠군.'

식전 대화 또한 매우 유익했기에, 그의 식사는 행복 그 자체였다.

거기에 더욱 좋은 일은 식사가 끝난 뒤에 또 다른 행복이 기다리고 있다는 것.

달칵-!

식기를 내려놓은 캐시먼은 과실을 수확하기 위해 핸드폰을 들었다.

수신자는 클리블랜드 인디언스의 단장, 크리스 안토네티.

긴 통화 연결음이 울린 뒤, 마침내 그의 목소리가 핸드폰을 타고 넘어왔다.

–결정을 내렸으니까 전화한 거겠지?

전화기에 손을 올려 둔 채 자신을 초조하게 만들고 있다며 흡족해했을 그 모습을 상상하니 너무나 즐거워서.

'아이고, 이 친구야. 너무 티가 나잖나.'

캐시먼은 입술을 비집고 나오려는 미소를 간신히 내리누르며 침중한 목소리를 냈다.

"물론. 정말 아깝지만, 매니 바누엘로스를 주지."

–아깝기는. 다 늙은 타자랑 그저 그런 투수 유망주로 우리 코리를 데려가려는 게 도둑놈 심보였지. 그리고 바누엘로스도 사실 수술해 봐야 아는 거잖아?

"무슨 소릴. 토미 존 서저리가 어디 수술인가? 성공 확률이 얼만지 자네도 잘 알 텐데. 그리고 바누엘로스의 유망주 랭킹이 몇 위였는지 모르나? 긁지만 않았을 뿐이지……."

–됐고. 그럼 바로 진행하겠네.

"후…… 오케이."

마지막까지 절정의 한숨 연기를 펼친 캐시먼은 전화가 끊어지는 즉시 참고 있던 웃음을 터뜨렸다.

"하하하하! 안토네티, 안토네티. 정말 코리 클루버에게서 아무것도 보지 못했나? 불쌍한 친구여."

팀 타선에서 유일하게 3할을 기록하던 추신서를 내주고 받은 로빈슨 카노가 약물로 출장 정지를 당한 탓에.

클리블린드 인디언스가 타자를 필요로 하고 있다는 건 널리 알려진 사실.

그것을 살짝 찔렀을 뿐인데 이렇게 쉽게 넘어올 줄이야.

한 대상에게 연속으로 사기를 쳤다는 생각에 살짝 양심이 찔려 오긴 했지만, 그 생각을 금세 날려 버린 캐시먼은 다시금 미소를 짙게 했다.

'어쩌겠어. 이 판이 원래 속고 속이는 곳인데.'

어차피 안토네티 또한 자신의 판단을 믿고 그에게 사기를 치려 했음이 분명한 일.

중요한 건 누구의 판단이 맞았느냐 하는 것이다.

매니 바누엘로스?

현재 양키스 팜 내 최고의 투수 유망주로 평가받는 선수인 건 맞다.

하지만 캐시먼은 그 평가에 전혀 동의하지 않았다.

'커맨드가 영 나아지질 않아. 그러니까 볼넷을 너무 많이 허용하고. 토미 존이 성공하더라도 그 정도까지 볼 선수는

아니다.'

그런 반면 캐시먼이 본 코리 클루버는 명백히 빛나고 있었다. 라울 이바네즈를 추가해도 비교조차 안 될 정도로.

'베탄시스로 해결됐으면 더 좋았겠지만…… 이 정도면 뭐.'

김신이 들었으면 기함했을 생각을 하며 나쁘지 않은 작업이었다고 자평한 캐시먼은 다음 수를 위해 다시 스마트폰 패드를 눌렀다.

이번 수신자는 그에게 클리블랜드 출장을 가게 했던 남자.

-무슨 일이시죠?

"어제 경기 잘 봤습니다. 103마일이라니 정말 상상도 못했어요."

김신이었다.

-감사합니다. 그래서 용건은요?

누가 사제지간 아니랄까 봐 똑같이 용건부터 물어 오는 김신에게 캐시먼은 가볍게 답했다.

"코리 클루버를 영입했습니다."

-…….

잠시간의 침묵 뒤, 조금 놀란 듯한 김신의 목소리가 넘어왔다.

-정말입니까?

"물론이죠. 제가 왜 거짓말을 하겠습니까."

-조금, 놀랍군요. 고생하셨습니다. 근데 그걸 저한테 왜……?

아무리 조언을 했다 해도, 압도적인 성적을 쓰는 에이스라 해도 단장이 선수에게 트레이드 결과를 보고할 필요는 없는 일.

김신이 표한 당연한 의문에 캐시먼은 거절할 수 없는 부탁을 선물해 주었다.

"그렉 매덕스 씨를 좀 설득해 주시겠습니까? 그렉 매덕스 씨가 클루버 선수의 투심을 조금만 더 다듬어 주면 참 좋겠는데요."

─…….

"김신 선수가 추천한 선수잖습니까. 부탁 좀 드리겠습니다."

이미 코리 클루버의 투구 영상을 보고 흔들리는 그렉 매덕스를 살포시 밀어 달라는 부탁을.

─……알겠습니다.

"감사합니다. 그럼 믿고 기다리겠습니다. 쉬십시오."

─예, 좋은 하루 되십시오.

예상했던 대답에 마침내 나머지 절반이 채워지는 순간, 캐시먼은 미련 없이 전화를 끊었고.

"맛있게 드세요."

"감사합니다."

그제야 나온 디저트에 손을 가져갔다.

쩝─ 쩝─!

그러나 그 머릿속은 계속해서 돌아갔으니.

'어찌 이렇게 콕콕 집을 수 있는 건지 모르겠네. 신기하단 말이야.'

자신의 눈을 충족시키는 선수들을 계속해서 조명하는 김신에 대한 놀라움과.

'자, 이제 그럼 야수 자리가 하나 비는데……'

몇몇 야수들의 이름이 디저트와 함께 캐시먼의 뱃속에서 휘몰아쳤다.

그리고 그날 밤.

"그거, 하겠소."

―잘 생각하셨습니다.

캐시먼의 의도는 모두 이루어졌고.

"설마 원역사대로 가는 거 아냐?"

김신은 원역사에서 양키스로 트레이드됐던, 시애틀과 일본의 레전드를 떠올렸다.

뉴욕 양키스가 LA 에인절스와의 3연전을 2승 1패로 마무리하고 디트로이트로 떠난 다음 날.

6월 1일, 여름의 시작을 여는 아침.


뉴욕 양키스, 클리블랜드 인디언스. 또 한 번의 트레이드 합의!

라울 이바네즈, 매니 바누엘로스 ↔ 코리 클루버


캐시먼과 안토네티의 대결이 세상에 알려졌다.


−또야? 또 유망주를 업어 온다고?

−와…… 캐시먼 진짜 무슨 생각이지? 이번 시즌은 누가 봐도 윈 나우 해야 되는 거 아니냐? 이 정도면 아무리 봐도 리툴링 중인 건데.

−우리 바누엘로스를 왜 보내!

−부진하니까 바로 버리는 거 보소;


이미 시즌 초부터 즉전감을 대가로 프란시스코 린도어, 제이콥 디그롬, 조시 도널드슨, 매니 마차도 등을 얻어 온 마당에 또다시 불거진 유망주 영입 소식에 열을 내는 팬들이 있는가 하면.


−클루버 FIP랑 K/BB 좀 봐. 진짜 괜찮은데?

−캐시먼이 눈이 진짜 좋은 거 같음. 실제 지금 데려온 애들 다

터지는 중.

　─응, 매니 마차도 AA에서 썩고 있어~ 나머지도 마이너 한정 깡
패지.


　소수의 세이버 매트릭션들은 캐시먼의 선택을 지지하기도
했다.

　그중에는 팀이 원정을 간 덕에 업무에 한층 집중할 수 있
게 된 남자.

　"코리 클루버는 아주 탁월한 선택이십니다, 단장님."

　강제로 홈경기를 직관해야만 하는 양키스 전력 분석원, 빌
리 리도 있었다.

　에릭 차베스와 프레디 가르시아, 앤드루 존스를 내주고 조
시 도널드슨과 매니 마차도, 브래드 피콕을 데려왔던 지난
트레이드 당시.

　단장실까지 찾아와 열변을 토했던 것과는 천양지차인 그
의 평가에 캐시먼이 물었다.

　"왜 그렇게 생각하나?"

　홈경기를 직관하게 한 효과가 있는가 싶었던 캐시먼의 기대
와 달리 그 질문에 빌리 리는 즉각 자신의 생각을 쏟아 냈다.

　"라울 이바네즈야 워낙 나이가 많았고, 매니 바누엘로스
는 신체 조건상 롱런이 불가능할 것으로 판단되는 선수였으
니까요. 세부 지표를 보면 더합니다. 여기 보시면……."

물론 데이터를 기반으로 한 의견이었다.

"아, 아. 됐네. 그럼 코리 클루버도 지표로만 평가한 거겠군?"

"그럼 뭘로 판단합니까?"

"후…… 아닐세. 잠깐만 기다리게, 줄 것이 있어서 불렀으니."

역시나의 대답에 캐시먼은 그럼 그렇지, 하며 준비했던 서류를 찾아 내밀었다.

"그렉 매덕스가 코리 클루버의 투심을 봐줄 거야. 타이밍 잘 봐서 기사로 내보내게. 타이밍을 정하는 건…… 자네한테 맡기지. 가 봐."

"정말입니까? 잘됐군요! 그렇게만 된다면 파급 효과가 엄청나겠습니다!"

캐시먼이 대충 정리해 둔 서류를 받아 든 채 기뻐하는 빌리.

그를 바라보며 캐시먼은 속으로 뇌까렸다.

'이번 일을 하면서 그 자존심 강한 매덕스가 왜 코리 클루버를 봐주기로 했는지 잘 생각해 보길 바란다.'

그러고는 나가려는 빌리의 등 뒤로.

"참, DVC-80이라는 팬을 한번 찾아보게. 하나 만들 수 있을 것 같으니까."

또 하나의 기획을 시작하는 것이었다.

2012년 6월 3일.

뜨거운 여름의 태양이 내리쬐는 한낮의 뉴욕 브롱스.

끼긱- 끼긱-!

프런트 직원이라 해도 믿을 법한 예리한 분석력을 통해.

DVC-80이라는 자신의 이름을 딴 아이디를 양키스 팬 커뮤니티의 네임드로 만든 남자.

"후우……."

매년 시범 경기를 보러 플로리다까지의 긴 비행을 마다하지 않는 양키스의 광팬, 데이비드 콘돌은 긴 한숨을 내뱉으며 자동차 아래에서 빠져나왔다.

"시간이……."

무더운 날씨를 증명이라도 하듯 이마에 송골송골 맺힌 땀과 더러워진 손을 목에 걸친 수건으로 닦아 낸 그는 곧바로 시간을 확인했다.

"좋아!"

정확히 오후 1시.

평소와 달리 조금의 농땡이도 피우지 않고 끊임없이 일한 결과, 간신히 맞춰 낸 타이밍에 데이비드 콘돌의 입가에 미소가 감돌았다.

물론 얼마 전 결혼을 하면서 부양해야 할 가족이 는 것도,

점심 식사를 아직 하지 못했다는 것도 그의 손이 바삐 움직이게 한 이유들이었지만.

[뉴욕 양키스 대 디트로이트 타이거스, 디트로이트 타이거스 대 뉴욕 양키스의 3차전 경기. 지금 시작합니다!]

어찌 이것에 비하랴.

즉각 자리에서 일어난 데이비드 콘돌은 나는 듯이 선반으로 달렸고.

그곳에 고이 올려져 있던 자신의 스마트폰을 집어 들었다.

[현재까지 시리즈 스코어 1 : 1로 한 수씩 주고받은 양 팀인데요. 오늘은 양키스의 우세가 점쳐지죠?]

[그렇습니다. 오늘 양키스의 선발은 그 선수니까요.]

"그럼, 그럼. 패배할 리가 없지."

스마트폰에서 결코 고개를 돌리지 않으며 천천히 사무실로 향하는 데이비드 콘돌.

끼익―!

[먼저 뉴욕 양키스의 라인업입니다. 1번 타자, 유격수 데릭 지터. 2번 타자, 좌익수 브렛 가드너……]

손님 응접을 위해 가져다 둔 자그마한 테이블 앞에 앉아 도넛 박스를 엶으로써 그만의 관전 준비를 모두 끝낸 뒤.

그는 희희낙락하며 TV를 켰다.

"25연승까지 가자고!"

로저 클레멘스라는 약쟁이가 세운 14연승을 뛰어넘고.

자니 앨런과 데이브 멕널리의 15연승까지도 무너뜨려서.

역사에 길이 남는 투수가 되기를 간절히 바라는, 그가 응원하는 투수의 얼굴이 보였다.

[마지막으로 선발투수는, 김신 선수입니다!]

실물이 아닌 사진에 불과하지만 김신이라는 대선수의 아우라가 전해져 오는 것만 같은 기분.

"크으……."

하지만 데이비드 콘돌은 폐부에서부터 올라오는 감탄사를 마지막으로 진지한 얼굴이 되어 노트를 폈다.

양키스에 대한 사랑에서부터 시작해 메이저리그 전체로 뻗어 나간 그의 야구 사랑.

오랫동안 계속해 온 자신만의 분석이 좋은 반응을 얻고 있고, 그것이 수익을 창출할 수 있을 거라는 희망이 보이기 시작했으니까.

잘만 하면 태어날 아이에게 더 좋은 환경을 만들어 줄 수도 있으니, 그가 어찌 진지하지 않으랴.

'야구만 보면서 살고 싶다.'

데이비드 콘돌은 해설 위원들의 발언을 들으며 열심히 펜을 움직였다.

[디트로이트의 선발투수, 릭 포셀로 선수가 몸을 풀기 시작합니다.]

[디트로이트로선 아쉬운 선수죠. 조금만 더 성장해 줬더라면 지금 디트로이트의 선발진은 가히 언터처블이었을 겁니다.]

"확실히…… 그럴 만한 포텐은 있는 친구야."

아메리칸리그 중부 지구의 절대 강자, 디트로이트 타이거스.

2011년 MVP에 더불어 사이 영을 획득한 1선발 저스틴 벌랜더.

그 뒤를 받치는 2013 사이 영 수상자 2선발 맥스 슈어저

이 둘이 이끄는 강력한 투수력을 보유한 팀.

만약 릭 포셀로가 포텐을 만개한다면 지난 90년대 초반 그렉 매덕스로 대표되는, 애틀랜타 브레이브스가 보유했던 것 이상의 강력한 선발진이 구축되는 것이었고.

"그럼 우리한테 안 좋지."

포스트 시즌에서 그 디트로이트와 만날 가능성이 높은 뉴욕 양키스로서는 매우 불운한 일이었다.

실제로 2011년, 뉴욕 양키스는 디트로이트 타이거스에게 패해 가을 야구를 접어야 했으며.

원래라면 2012년에도 4승 0패로 셧아웃당하며 분루를 삼켜야 했다.

"뭐, 그래도 작년처럼은 안 될 거야. 김신이 있으니까."

그것을 막아 낼 희망을 떠올리며.

"플레이볼!"

[경기! 시작됐습니다! 릭 포셀로 선수, 데릭 지터 선수를 잡아낼 수 있을까요!]

뻐엉-!

"흐음, 역시 커브가 영……."

데이비드 콘돌이 2016년 사이 영을 수상할 릭 포셀로의 투구와 뉴욕 양키스 상위 타선의 타격을 분석하고 있을 찰나.

똑똑-!

"계십니까?"

그의 취미 생활 겸 새 업무를 방해하는 음성이 들려 왔다.

"어휴."

아무리 그가 너튜버로서의 미래를 꿈꾸고 있다 해도 현업을 무시할 수는 없는바.

데이비드 콘돌은 한숨을 삼키며 사무실 문을 열었다.

"예, 콘돌 카센터입니다. 무슨 일이시죠?"

그러나 그를 기다린 것은 차 수리를 맡기러 온 평범한 손님이 아니라…….

"안녕하십니까. 빌리 리라고 합니다."

"……?"

먼 미래일 거라 생각했던 새로운 기회였다.

"여기."

빌리 리가 내민 명함.

그곳에 적힌 양키스 로고가 데이비드 콘돌의 눈을 가득 채웠다.

"자, 잠시만 기다리십시오. 뭐라도 마실 게……."

데이비드 콘돌이 빌리 리를 조악한 응접세트로 안내하고 정신없이 믹스 커피를 탈 무렵.

"흐음……."

안내받은 소파에 앉아 '저 사람이 맞나?' 하며 고개를 갸웃하던 빌리 리의 눈이 테이블에 놓여 있는 노트를 훑었다.

"오호."

그 안에 있는 것은 수기로 써 내려간 선수의 이름과 짤막한 문장.

'릭 포셀로. 커브의 연마와 피칭 스타일의 변경이 필요하다라…….'

물론 그의 생각과 100% 일치하는 것도 아니고 근거 또한 적혀 있지 않았지만, 적어도 얼룩진 청바지를 입고 있는 저 남자가 평범한 카센터 사장은 아니라는 건 알 수 있었다.

흥미를 느낀 빌리 리의 손이 노트를 넘길까 말까 고민하는 사이.

"어이쿠, 오래 기다리셨죠? 여기 커피라도 드십시오."

커피 똥이 남지 않도록 세심하게 저은 데이비드 콘돌의 믹스 커피가 그 앞에 놓였다.

"감사합니다."

"감사는요. 대접이 변변찮아서 죄송합니다."

"이 정도면 충분하죠."

"그러시다면 다행이고요, 하하."

여유롭게 커피를 홀짝이는 빌리 리와 애써 웃음 짓지만 당황을 숨기지 못하는 데이비드 콘돌.

그 사이로 여전히 켜져 있던 TV 소리가 파고들었다.

뻐엉-!

[베이스 온 볼스! 추신서 선수가 볼넷을 얻어 냅니다!]

[1사 1, 2루. 릭 포셀로 선수가 1회부터 위기를 맞이하네요.]

응원하는 팀의 선전 소식에 데이비드 콘돌의 고개가 돌아갈 찰나.

"야구, 좋아하시나 보죠?"

그 고개를 다시 정면으로 돌려놓는 빌리 리의 음성이 울렸다.

"예? 아, 예. 양키스의 오랜 팬입니다."

"그러시군요. 어떤 선수를 가장 좋아하시나요?"

"음…… 얼마 전까지만 해도 데릭 지터라고 즉답했겠지만, 지금은 애매하네요. 김신 선수가 그 자리를 위협하고 있어서요."

"요즘 김신 선수의 활약이 대단하긴 하죠."

"대단하다 뿐일까요? 제가 프런트였다면 지금쯤……."

맥주 한 잔만 곁들여도 밤새 이야기할 수 있는 전문 분야에 흥분하려던 순간.

자신의 입에서 튀어나온 '프런트'라는 단어에 정신을 차린 데이비드 콘돌은 조심스레 물었다.

"흠흠, 그런데 여기는 어쩐 일로…….."

그 질문에 대한 빌리 리의 답은.

"DVC-80. 본인 닉네임이 맞습니까?"

"그건……."

"혹시 양키스 프런트에서 일해 보실 생각 없으십니까?"

"예?"

데이비드 콘돌의 가슴을 세차게 뛰게 만들었으니.

"정식으로 입사를 제안하는 겁니다, 데이비드 콘돌 씨."

"어어……."

"물론 면접은 보셔야겠지만, DVC-80이란 닉네임을 사용하시는 게 맞다면 거의 채용은 확정적입니다. 다시 묻죠. DVC-80, 본인 닉네임이 맞습니까?"

"마, 맞습니다! 맞아요! 제가 DVC-80입니다!"

"그렇군요."

생각지도 못한 기회에 흥분한 데이비드 콘돌과 그에 대해 더 알고 싶어 하는 빌리 리 사이의 토론장이 열리는 건 당연한 수순.

"요즘 팀의 트레이드에 대해선 어떻게 생각하시나요?"

"트레이드요? 정확히 어떤 걸 말씀하시는지……."

"뭐, 아무거나 괜찮습니다. 의견을 듣고 싶은 거니까요."

"흠, 일단 시즌 초에 있었던 추신서와 프란시스코 린도어의 영입은…….."

그러나 그 순간 들려온 들려서는 안 될 소리에 두 사람의 고개가 동시에 같은 곳으로 향했다.

따아아악─!

[미겔 카브레라! 좌측 큽니다! 이 공이…… 담장을! 담장을 넘어갑니다! 미겔 카브레라의 석 점 포! 김신 선수, 1회부터 석 점을 허용합니다!]

[예상치 못한 결과군요.]

"뭣?"

"……!"

화기애애하던 공간을, 경악(驚愕)이 지배했다.

미겔 카브레라.

2012, 2013시즌 연속 MVP를 차지하며 리그를 초토화시킬 거포.

따아아악─!

1회 말.

그 거포의 방망이가 불을 뿜었다.

[미겔 카브레라! 좌측 큽니다! 이 공이…… 담장을! 담장을 넘어갑니

다! 미겔 카브레라의 석 점 포! 김신 선수, 1회부터 석 점을 허용합니다!]

[예상치 못한 결과군요.]

좌중의 모두가 저 멀리 사라지는 공을 바라볼 무렵, 마운드에 선 김신은 입술을 깃씹었다.

'실투였어.'

투 스트라이크 원 볼의 유리한 볼카운트.

심지어 3구째에 하이 패스트볼로 스트라이크를 잡음으로써 상황을 타개하기 위한 밥상도 모두 차려 둔 상황.

하지만 거기서 결정구로 구사한 커브가 제대로 꺾이지 못하면서, 김신은 의도했던 병살이나 삼진이 아닌 석 점 홈런을 얻어맞고 말았다.

물론 변명하자면 여러 가지 악재가 겹친 탓에 일어난 일이었다.

아침부터 김신의 몸은 회귀 이후 최악의 컨디션을 신고해 왔으며.

그로 인해 발생한 제구 난조는 김신으로 하여금 몸 쪽 공을 제대로 구사하지 못하게 했다.

그뿐인가?

설상가상으로 심판은 바깥쪽 공에 애매한 판정을 반복했다.

김신이 경기 초반부터 볼넷을 허용할 만큼.

그러나 운이 없었다는 말로 치부하거나 다른 곳으로 책임을 돌리기엔, 김신의 에고는 너무나 드높은 곳에 있었다.

"후우우……."

깊은 숨을 내쉬며 과거의 실패를 털어 버리면서도.

꽈아악-!

남은 경기를 위해 거세게 공을 움켜잡은 김신은 자신이 할
수 있는 최선의 피칭을 펼쳤다.

하지만 6월 3일. 떠나간 봄이 아쉬웠던 건지.

따아악-!

승리의 여신은 김신에게 웃어 주지 않았고.


　김신, 5이닝 5실점 강판!


원숭이는 나무에서 떨어졌다.

디트로이트와의 3차전이 있던 다음 날, 6월 4일.

한 달에 한두 번 꼴로 주어지는 이동일 겸 휴식일.

그 소중한 휴식일에 추신서는 뉴욕 교외에 위치한 한적한
주택을 찾았다.

똑똑-!

"어서 와요, 추!"

그를 맞이한 것은 그을린 갈색 피부가 매력적인 여자, 제시카.

"초대해 주셔서 감사합니다, 미세스 가드너."

벌써 5년째 브렛 가드너와 알콩달콩한 결혼 생활을 즐기고 있는 그의 부인이었다.

"얼른 들어와요. 다들 기다리고 있어요."

"예, 그럼 실례하겠습니다."

그녀의 환대를 받아 들어선 거실에서 추신서를 기다리고 있는 것은.

"여, 늦었구먼!"

"Long time no see~!"

"기다리느라 배가 등에 붙었다고."

집주인 브렛 가드너를 필두로 식탁에 앉아 있는 시커먼 남정네들.

닉 스위셔와 커티스 그랜더슨.

양키스의 외야를 책임지고 있는 남자들이었다.

"너희가 빨리 온 거지."

80년생 닉 스위셔, 81년생 커티스 그랜더슨, 82년생 추신서, 83년생 브렛 가드너.

누가 짜기라도 한 것처럼 한 살 터울씩의 비슷한 나이, 드넓은 외야에 서 있어야 하는 외야수들끼리의 동지 의식, 그리고 머지않은 FA 시기까지.

수많은 공통점을 가지고 있는 그들은 금세 의기투합했고, 마침 찾아온 휴식일에 친목 모임을 갖게 된 것이었다.

'다른 데서는 상상도 못할 일이야.'

양키스가 아닌 다른 팀, 예컨대 추신서가 겪어 왔던 클리블랜드 인디언스에서는 상상도 할 수 없는 일이었다.

같은 보직에 비슷한 경력이라는 건 치열한 내부 경쟁을 벌여야 할 경쟁자라는 말이었으니까.

아무리 외야 세 자리와 지명타자까지 해서 네 사람 모두 붙박이 주전처럼 출전한다고 해도 말이다.

그러나.

'팀 분위기가 이렇게 중요한 줄 몰랐어.'

데릭 지터로부터…… 아니, 어쩌면 메이저리그 최고의 구단이 가진 역사에서부터 파생되는 특유의 팀 컬러와.

"요즘 앨런은 어때?"

나서지 못하면 죽는 병에 걸린 양 분위기를 주도하는 양키스의 순혈(純血)은 그것을 가능케 했다.

'얼마나 함께할지는 모르겠지만 적어도 이번 시즌에 헤어질 건 아니니까.'

품 안에서 울던 때가 엊그제 같은데 벌써 학교에 다니고 있는 큰아들의 안부를 묻는 브렛 가드너를 바라보며, 추신서는 의자에 앉아 답했다.

"열심히 학교 다니지."

"그래? 널 닮아서 체격이 상당하다며? 리틀 리그라도 준비시켜 보는 건 어때?"

"안 그래도 그럴 거야."

"오, 부자(父子) 선수! 나도 아이 낳으면 꼭 야구는 시켜 볼 거야."

"커티스, 넌 결혼부터 하고 말해."

"자 자, 신사 여러분! 식사가 나왔습니다!"

누가 선수 집 아니랄까 봐 상다리가 부러지게 날라져 오는 음식들.

"고마워요, 제시카!"

"잘 먹을게요!"

간단한 잡담과 함께 그것을 폭풍 흡입하기도 잠시.

마치 회식에서 회사 얘기는 하지 말자던 부장님이 약속을 지키는 법 없는 것처럼, 그들의 자리에도 야구 이야기가 흐르기 시작했다.

"킴은 어떻대? 너한테도 얘기 안 해?"

그 시작은 바로 어제 한 이닝 만에 한 경기 최다 실점 기록을 경신했던 남자의 이야기였다.

"어, 안 해. 따로 물어보긴 했는데 괜찮다고만 하더라고. 제구가 좀 안 잡혔다고."

"흠."

1회 3실점을 포함해 5이닝 5실점 강판.

김신이라는 투수가 받아 든 이번 시즌 최악의 성적표.

승승장구만 해 왔던 역사에 처음으로 남긴 오점.

하지만 김신은 마운드에서 내려온 후 평범한 투수들처럼 물병을 차지도, 글러브를 집어 던지지도 않았다.

그저 괜찮다는 표시만 했을 뿐.

'차라리 화를 냈으면 그러려니 했을 텐데……'

턱을 쓰다듬는 브렛 가드너에게 마지막 남은 애플파이를 입에 욱여넣은 커티스 그랜더슨이 여상히 뱉었다.

"쩝쩝, 킴도 사람인데 얻어맞는 날도 있는 거지. 애초에 그 자식이 언제 루키 같은 모습을 보인 적은 있어? 괜한 걱정 하지 마. 그리고 우리가 더 두들겼잖아."

김신은 비록 5이닝 5실점으로 내려갔지만, 어제의 양키스는 패배하지 않았다.

양키스의 방망이가 그 이상으로 릭 포셀로를 난타한 덕분.

5번의 타석에서 홈런 2개를 포함해 7타점.

4번 지명타자로서 누구보다 김신을 도와준 남자, 닉 스위셔가 고개를 끄덕였다.

"맞아. 연승도 지켜 줬으면 우리 할 일은 다 했지, 뭐. 내가 1회에 병살만 안 쳤어도 최다 타점 기록 갱신했을 거라고."

"에이, 그건 오버지."

노 디시전(No Decision).

패배 투수 요건을 충족하더라도 팀이 뒷심을 발휘해 역전해 내거나.

승리투수 요건을 채우고 마운드를 내려가더라도 불펜이 방화를 저지르면 투수의 기록지에 승패는 새겨지지 않는다.

즉, 어제 경기에서 양키스가 역전승을 거뒀으니 김신의 연승 행진은 아직 끊어지지 않았다는 뜻.

그러니 괜찮은 거 아니냐며, 커티스 그랜더슨은 다시 화제를 전환했다.

"우리 코가 석 자인데 누굴 걱정해? 이번 트레이드로 외야수 한 자리가 비었잖아. 단장이 분명 채우려고 할 텐데…….
우린 그것부터 걱정하자고."

"FA는 잡을 게 없으니까 트레이드겠지. 난 딱히 생각나는 사람이 없는데. 이제 보낼 사람도 없잖아."

"그렇긴 해. 어디서 연봉 보조해서 데려오는 거 아니면 답 없지."

"미겔 카브레라?"

"되겠냐!"

메이저리그를 주름잡는 쟁쟁한 외야수들의 이름과 함께.

가드너 저택의 밤이 저물었다.

80년대 초반생 외야수들이 한창 친목을 다지고 있을 시간.

–진짜 괜찮아? 걱정돼…….

김신은 캐서린과 통화하며, 은근슬쩍 눈빛을 보내던 팀원들에게 했던 것과 같이 괜찮음을 어필하고 있었다.

"진짜 괜찮아. 맞을 때도 있는 거지. 별다른 게 아니고, 그냥 제구가 잘 안 됐던 것뿐이야."

–지난번에도 그랬잖아.

"그땐 그냥 핑계였고. 이번엔 진짜로 그랬던 거지. 말이 씨가 됐나 봐."

–으이구…… 앞으로 그런 핑계는 대지 마.

"당연하지. 이제 그럴 이유가 없으니까. 걱정하지 말고 일해."

–응, 응. 자기 쉬어야 되는데 내가 너무 붙잡았나 보다. 일어나면 연락해. 참, 이 달의 투수상 수상 축하해!

"응, 고마워. 일 열심히 해~."

캐서린과의 통화를 끝낸 뒤.

"후우…….'

김신은 180도 다른 표정으로 핸드폰을 내려놓았다.

오늘 아침 발표된 2회 연속 이 달의 투수상?

물론 대단한 영예다.

팀 타선이 폭발하며 연승 기록을 지킨 것?

타자들에게 감사해야 할 일.

그러나 그것이 스스로를 혹평하지 않을 이유는 절대 아니었다.

"더 잘할 수 있었어."

실패에서 배우지 못한다면 성장은 정체되는 법.

"거기선 차라리 커브를 밖으로 빼는 게 나았을 거야."

김신이 호텔 방에서 몇 번이고 반복한 복기(復棋)를 다시 한번 행하고 있을 무렵.

쾅쾅쾅-!

"어이! 문 열어!"

무례한 누군가의 방문이 그 집중을 깨어 냈다.

그 목소리의 주인은 김신에게 아주 익숙한 사람.

"무슨 일입니까, 미스터 사바시아?"

김신의 등장 전까지 확고한 양키스의 1선발.

2009년 사이 영에 빛나는 푸근한 흑인.

C.C. 사바시아였다.

"진짜로 괜찮아요."

익히 예상 가는 전개에 김신은 한숨을 삼키며 자신의 괜찮음을 또다시 어필했다.

같은 보직의 베테랑이 첫 실패를 겪은 루키를 찾아와 격려하는 건 흔하디흔한 일이니까.

그러나.

"나도 괜찮은 거 알아."

우격다짐으로 방 안으로 들어서는 사바시아의 반응은 달

랐다.

"한 경기 졌기로서니…… 아니, 지지도 않았지만 어쨌든. 네가 다른 평범한 1년 차 루키들처럼 질질 짜거나 방을 반쯤 부숴 버리고 있는 건 상상이 안 되지."

"……?"

그럼 왜 왔단 말인가.

김신의 의문을 뒤로하고 의자에 편히 앉은 사바시아는 다리를 꼰 채 말했다.

"그냥 약속을 지키러 온 거야. 하고 싶은 얘기 있으면 다 해 봐. 내가 다 들어 주지."

"예?"

"아, 맞다. 이것만 말하자. 스위치피처라서 경기 중에 완급 조절이 거의 필요 없는 건 알겠는데, 그렇다고 시즌에까지 완급 조절이 필요 없진 않아. 너라면 뭔 말인지 잘 알겠지? 끝! 이제 하고 싶은 얘기 해 봐."

속사포처럼 뱉어 낸 뒤 다시 팔짱을 낀 채 김신을 바라보던 사바시아는, 계속된 김신의 눈빛 공격에 졌다는 듯 손을 들며 너스레를 떨었다.

"내가 1년 차 때 말이야. 처음으로 패배한 날 호텔 방에서 질질 짜고 있었거든. 꼴사납게. 웃기지?"

"사바시아가요?"

"그래, 그랬지. 근데 어떤 노친네가 하나 찾아와서는 아무

말 없이 날 보더라고. 그러더니 툭 뱉는 게 하고 싶은 말 다 해 보래."

"······."

"근데 이상하게 있는 말 없는 말 다 하고 나니까 속이 풀리더라고. 내가 대충 진정하고 있는데 그 노친네가 그러더라. 너도 나중에 나랑 똑같은 루키들 말이나 들어 주라고. 그래서 온 거야. 뭐, 넌 지진 않았지만 더 기다렸다간 너무 오래 걸릴 거 같아서 말이야."

이전 생 김신에게는 닿지 않았던, 들도 보도 못한 전통.

'어떤 놈이 끊어 먹은 거야? 아니면 있었는데 내가 나이가 많아서 부담스러웠나?'

뭐든 상관없었다.

딱 보기에도 괜찮아 보이는 이 전통을 김신은 이어 가고자 결심했다.

그렇기에 물었다.

"그게 누굽니까?"

"······척 핀리. 와이프한테 맞고 살던 모자란 늙은이지."

거기서부터였다.

"애들은 어때요?"

"잘 크고 있어."

"그게 끝이에요? 좀 더 말해 봐요."

"아니, 네 말 들어 주겠다고 왔는데 내가 왜 말을 하냐? 네 얘기나 해. 연애는 잘하고 있어?"

"어느 정도는요?"

"그때가 좋을 때다. 잘해, 인마."

김신이 전통을 계승하기 시작한 것은.

'나한텐 딱히 도움 안 돼도, 나쁘지 않아.'

하지만 김신의 생각은 틀렸다.

인간은 사회적 동물이고, 수다는 그 사회적 동물의 심신을 안정시키는 마법과도 같은 행위.

"결혼 생활은 어때요?"

"……결혼은 최대한 늦게 해라."

김신과 사바시아는 밤늦게까지 교분(交分)을 나눴다.

◎

뻐엉―!

템파베이와의 홈 3연전을 앞둔 양키 스타디움.

수많은 사람이 구슬땀을 흘리는 가운데, 땀 한 방울 흘리지 않고 팔짱을 낀 채 다른 사람의 훈련을 지켜만 보는 남자들이 있었다.

"어때요, '단장 특별 보좌'님?"

"그렇게 부르지 말라고 안 했나?"

"하셨죠. 근데 여긴 양키 스타디움이고, 직책으로 부르는 게 맞잖아요."

"어째 한 번 말하면 듣지를 않냐. 체인지업 장착 끝났다 이거야?"

"에이, 그거랑 이거랑 같나요. 그리고 저 그런 놈 아닙니다. 앞으로도 찰싹 붙어서 많이 배울 거예요."

"퍽이나. 그런 놈이 이렇게 기어오르냐? 며칠 전에 두들겨 맞고 정신 번쩍 안 들디?"

"아직 단장 특별 보좌님보다 훨씬 덜……."

그들의 정체는 김신과 그렉 매덕스.

퍽-!

"악!"

"매를 벌어요, 매를."

야구 운영 부문 단장 특별 보좌라는 긴 신설 직책을 수여받은 그렉 매덕스는 당당히 훈련 시간에 양키 스타디움에 출입할 수 있게 되었고.

김신 또한 훈련 외 시간이 아닌 훈련 시간에 그렉 매덕스와 함께할 수 있었던 것.

그리고 그런 그들이 지켜보는 인물은.

뻐엉-!

얼마 전 합류한 무표정한 얼굴의 투수.

코리 클루버였다.

손이 닿지 않는 등짝 한가운데에 화끈함을 느끼며, 김신이 물었다.

"어떠세요?"

연신 미트를 꿰뚫고 있는 코리 클루버의 투심에 대한 물음.

그렉 매덕스는 같은 물음으로 그것에 대답했다.

"넌 어떻게 생각하는데."

"흐음, 제구가 조금 안 잡히는 것 같은데요."

그리고 김신은 기다렸다는 듯 미래의 클루버조차 해결하지 못했던 문제를 꼬집었다.

'사실 당연한 거지.'

투심을 장착하고 날아올라 사이 영을 석권해 내는 미래의 클루버.

그러나 전성기 그의 투심조차 제구가 안 되는 날에는 미트 한가운데에 몰리는 배팅 볼이라고 조롱받았었다.

그러니 현재 막 투심을 장착한 클루버의 제구가 어떠할지는 말할 것도 없는 일.

미래를 알고 있는 김신으로서는 못 맞히기도 어려운 문제였지만.

'역시 눈이 좋아.'

그렉 매덕스는 또다시 김신에게 감탄할 수밖에 없었다.

글러브 속에 수정구를 숨기고 있다는 우스갯소리까지 들었던 그와 흡사할 정도의 분석력.

그것을 가능케 해 주는 날카로운 눈썰미와 그 정보를 토대로 미래를 꿰뚫어 보는, 10대라고는 믿기 어려운 판단력.

옆에 서 있는 청년은 육체뿐 아니라 두뇌까지 투수에게 최적화돼 있는 남자였으니.

'야구에 관한 거 말고는 딱히 그런 모습을 안 보인다는 것까지……. 참 웃기지만 야구를 위해 태어난 것 같은 놈이야.'

자칫 무례할 정도의 친근감을 표하는 김신을 그렉 매덕스가 받아 주는 이유였다.

"맞다. 바깥쪽 안쪽 정도는 간신히 구분하는 것 같은데, 저 정도로는 부족하지."

"그러게요."

하지만 클루버의 단점을 꼬집으며 함께 고개를 끄덕이면서도, 사제(師弟)는 알고 있었다.

저 앞에서 연신 공을 뿌리는 남자에겐 메이저를 호령할 만한 재능이 있다는 것을.

그렉 매덕스와 김신의 눈에 보이는 단점이 제구뿐이라는 건, 바꿔 말하면 '제구만 잡히면' 된다는 뜻이었으니까.

"제구를 잡아 줄 자신이 있으니까 맡으신 거죠, 프로페서?"

존 안팎을 오가는 강력한 무브먼트의 투심과 수없는 땅볼을 양산해 낸 커터와 커브.

옆에 서 있는 노인의 전성기를 닮은 완성형 클루버를 떠올

리며 김신이 자신의 분신과 같은 투수를 만들어 낼 전설을
바라볼 무렵.

"이봐, 신."

전혀 다른 생각을 가진 그렉 매덕스는.

코리 클루버에게서 고개를 돌려 자신의 모든 걸 물려받을
수제자와 눈을 맞추었다.

"투심도 배워 볼 생각은 없나?"

투수의 피칭 스타일을 평하는 야구 용어 중 팔색조(八色鳥)
라는 말이 있다.

여덟 가지 빛깔을 내는 새처럼 여러 개의 구종을 소화하는
투수에게 붙는 칭호.

하지만 메이저에 이름을 남긴 전설적인 투수들의 구종을
뜯어보면, 의외로 세 가지 이내의 구종을 주로 사용한다는
것을 알 수 있다.

왜 그럴까?

타격은 타이밍이고 피칭은 그 타이밍을 빼앗는 작업인바,
변형 패스트볼이든 브레이킹 볼이든 다양한 구종을 구사할
수 있는 팔색조형 투수는 그만큼의 장점을 가지는 것이 자연
한 일일 텐데.

사상 최강의
양손투수

답은 간단하다.

여러 가지 구종을 구사하는 것보다 2~3개의 구종을 '수준급'으로 구사하는 것이 더욱 효과적이기 때문이다.

어떤 투수가 한 구종을 장착했다는 건, 그저 던질 수 있다는 것으로 끝나는 말이 아니다.

완벽히 같지는 않더라도 타자가 눈치챌 수 없을 만큼 흡사한 투구 폼을 만들어야 하며.

타자가 눈치채고 방망이를 멈추더라도 이미 늦은 순간까지 변화를 억제해야 한다.

그럼에도 구속과 무브먼트가 떨어지면 안 되니, 구종 장착이란 정말로 지난한 작업인 것이다.

심지어 그 모든 고행을 각오하고 구종을 연마한다 하더라도 문제는 또 있다.

신체 조건에 따라, 투수의 고유한 투구 폼에 따라 구종과 투수 간에 궁합이란 것이 존재하기 때문이다.

어떤 구종은 7년을 연마해도 던지지 못하고, 어떤 구종은 2개월 만에도 던질 수 있는 이유가 바로 이 궁합의 존재다.

그러나.

"고생했어요, 클루버 씨."

"어? 어. 고생해."

코리 클루버와 태그하고 훈련장에 들어선, 불가능을 뛰어넘은 전대미문의 스위치 피처는.

-투심도 배워 볼 생각은 없냐?

그렉 매덕스의 제안을 상기하며, 눈을 빛냈다.
그리고.
"투심이라……."
사납게 웃은 김신의 왼손이 번개처럼 휘둘리고.
뻐엉-!
굉음을 울리며 미트에 틀어박혔을 때.
"What the……?"
그렉 매덕스의 턱은 땅에 닿고 말았다.

"이 미친놈……!"
"음, 제가 못 던진다고는 안 했는데요?"
　훈련장 안에까지 난입하여 김신에게 욕설을 뱉었던 그렉 매덕스는 별일 아니라는 듯한 김신의 반응에 어이없는 헛웃음을 흘렸다.
"허허. 그래, 물어보지 않은 내 잘못이다."
"그럼요, 그럼요."
　재기를 위해 팔까지 바꿔 가며 수많은 구종을 연마했던 김신이다.

구속이 조금 떨어져도 무브먼트로 커버 가능한 투심을 던져 보지 않았을 리 만무한 일.

하지만 지금까지 김신이 투심을 구사하지 않은 것은, 체인지업과는 다르지만 쉬이 극복할 수 없는 문제 하나가 있기 때문이었다.

"쿠세(버릇)가 이렇게 심한데 어떻게 던져요."

누가 봐도 김신의 원래 구종들과는 다른 것이 튀어나올 것이 확실한, 확연히 다른 투구 폼.

김신의 투심이 그라운드에서 꿈틀거리기 위해서는.

투구 폼을 수정하면 구위가 급전직하하고, 그렇다고 구위를 지키자니 투구 폼이 말썽인 진퇴양난(進退兩難)의 상황을 극복해야만 했다.

그러나 그렉 매덕스는 기가 찬다며 고개를 저었다.

"아무렇지도 않게 체인지업을 던질 때 알아봤어야 했는데."

쿠세가 있는 게 뭐 어쨌단 말인가.

구속과 무브먼트가 리그 정상급 수준인데.

구위만 받쳐 준다면 어떻게든 훈련해서 써먹을 가능성이 있는 법.

그러나 그럼에도 김신이 투심을 가르쳐 달라는 말을 안 꺼내는 이유를 꿰뚫어 본 매덕스는 혀를 찼다.

"쯧, 너도 인간이긴 했구나. 이제 좀 힘에 부치냐?"

"하하……!"

각각 문제를 가지고 있긴 하지만, 투심을 제외하고도 김신은 몇 가지 구종을 더 던질 수 있었다.

그리고 불가능하다 생각했던 체인지업을 완성해 내는 순간부터.

그렉 매덕스의 코칭을 받아 가면서 각 구종이 가진 문제를 해결해 나간다면, 두어 가지 정도는 더 던질 수 있으리라고 확신하고 있었다.

키도, 골격도, 근육도, 유연성도, 환경도 과거와 달라 가능한 일일 터.

하지만 아무리 그런 김신이라도 도핑을 하지 않는 한 해결할 수 없는 단 하나의 문제가 발목을 잡았다.

'뭐…… 무리하긴 했지.'

체력.

스위치 피칭으로 인해 팔에 가해지는 부담이 평범한 투수보다 확연히 적은 건 맞지만, 그 팔에 힘을 전달해 주는 코어와 하체는 똑같이 소모되고 있었다.

거기에 게리 산체스를 도와주기 위한 포구 훈련과 서클 체인지업을 장착하기 위한 피칭 훈련을 지속했으니.

사실 버텨 주는 게 이상한 수준이었다.

이번 디트로이트전에서의 제구 난조는 100경기도 뛸 수 있다며 자신만만했던 육체가 지르는 항복의 신호였고.

그런 마당에 나머지 훈련까지 감행해 가며 새로운 구종을 장착할 체력이 있을 리 만무한 일.

'체인지업을 먼저 익히길 잘했어. 가을까지 던지려면 이젠 관리해야지. 게리도, 캐서린도.'

그렇기에 김신은 가장 유의미한 효과를 가져올 체인지업을 먼저 수련한 자신을 칭찬하며.

"겨울에 하죠. 캠프 하나 차릴 거거든요."

투심을 포함한 나머지 구종의 연마를 시즌 이후로 미뤘다.

"누가 간다고 말이나 했나?"

"에이, 오실 거잖아요. 휴즈 선배도 데려갈게요. 클루버 씨도 최대한 설득해 보고요."

"흥, 또 던질 수 있는 게 뭐가 있는지나 읊어 봐."

"겨울에 보여 드릴게요. 궁금하면 캠프에 오시면 되겠네요."

"이 자식이 정말!"

기어코 김신이 구사할 수 있는 구종에 대해 듣고야 만 그렉 매덕스가 턱을 닫지 못하게 된 그날 저녁.

"여기요, 말씀하셨던 사인 볼."

"오! 고마워, 캐시!"

언제나와 같이 양키스의 홈경기를 직관하기 위해 양키 스 타디움을 찾은 캐서린은 오랜 지인들에게 김신의 사인 볼을 나눠 주었다.

"받으세요, 제임스 아저씨."

"Thank you. 그런데 킴은 괜찮아? 댓글 보니까 인간 이하 인 새끼들이 너무 많더라. 네가 옆에서 잘 케어해 줘."

그중 한 사람. 그녀와 마찬가지로 선대의 자리를 이어받은 중년인, 제임스 펠프스는 김신에 대한 우려를 표했다.

"뭐? 킴을 욕한다고? 어떤 쓰레기 새끼들이!"

"제임스, 이 형님한테 말해 보거라. 어떤 내용인지 아주 궁금하구나."

인터넷이 아닌 신문 기사를 고집하기에 몰랐던 소식에 양 키스의 오랜 팬들은 격분했고.

"아, 그게……."

인터넷 사용에 익숙한 중년인, 제임스의 입에서 차마 입에 담지 못할 악플들이 풀려 나온 순간.

폭발해 버렸다.

"Son of bi×ch!"

"쯧쯧, 미개한 것들."

"앞에서는 한마디도 못할 놈들이 아주 살판이 났구나!"

"문제야, 문제. 인터넷이라는 요상한 물건 때문에 우리 때 는 감히 처맞을까 두려워 숨어 있던 종자들이 다 튀어나오는 구먼."

그러나 캐서린은 평소와 달리 그 노도와 같은 반응에 동화
되지 않고 오히려 그들을 진정시키려 했다.

"괜찮아요. 킴은 그런 데 흔들리지 않아요. 잘 아시잖아요.
2스트라이크에서도 절대 뒤로 빼지 않는 진짜 남자라는 걸."

오늘 아침, 김신과 나눴던 대화가 그녀의 뇌리에 선명히
떠올랐으니까.


  ―댓글? 이미 봤지. 근데 신경 안 써. 잘나가는 사람에 대
  한 시기, 질투는 당연한 거 아니겠어? 그런 놈들이 찍소리
  도 못하게 다음 경기에서 잘하면 돼. 아, 아니다. 자기가 도
  와 줄 일이 있다. 마음을 안정시켜 줘야지.
  ―응?
  ―이리 와.
  ―자, 잠깐, 곧 나가야 하잖아!
  ―앞으로는 지금처럼 못할 수도 있어. 그러니까 이리 와.


그리고 이어 뇌리를 채운 살색 상상에 캐서린이 얼굴을 붉
힐 무렵.

"그럼! 킴은 그런 놈이지!"

"대단한 선수야!"

어느새 뒤바뀐 관중석 분위기 사이로 흘러든 차분한 어조

의 의견이 그녀의 스위치를 눌렀다.

"킴이 대단한 선수는 맞지만 아직 루키입니다. 다음 경기
를 봐야⋯⋯."

"뭐? 당신 진짜!"

또다시 빌리와 캐서린의 목소리가 오랜 양키스 팬들 사이
에서 첨예하게 대립했다.

[뉴욕 양키스와 템파베이 레이스의 3연전! 그 첫 번째 경기, 지금 시
작합니다!]

<br>

개막 시리즈부터 맞붙었던 두 팀, 뉴욕 양키스와 템파베이
레이스의 세 번째 대결.

"뒷방늙은이를 다시 은퇴하게 해 주자고!"

"Yes, sir!"

개막 시리즈에서부터 2연승을 달리다가 새파란 신인에게
불의의 퍼펙트를 헌납한 데 이어.

2번째 맞대결에서는 1승 2패로 시리즈까지 넘겨준 템파베
이는 승리에 대한 열의를 불태웠지만.

"퍼펙트를 헌납했던 머저리들이 또 두들겨 달란다!"

"우! 우!"

"렛츠 고-! 양키스!"

데릭 지터를 필두로, 2012시즌을 패배로 시작하게 해 준 상대를 확실하게 짓밟고자 하는 양키스의 막강한 화력을 감당하지 못했다.

뉴욕 양키스의 강력한 방망이! 연일 다득점 경기 이어져

2012년 사이 영 수상자였던 데이비드 프라이스조차 퀄리티스타트도 달성하지 못하게 만드는 괴력.
하지만 양키스는 2승 1패로 만족해야 했다.

뉴욕 양키스, 3차전 5-7 패배. 연패의 늪에 빠진 C.C. 사바시아

　-왜 이러냐, 진짜? 투수진이 잘 던지면 방망이가 문제고, 방망이가 좋아지니까 투수진이 또 불안해지네.
　-그게 야구지.
　-앤디 3실점, 필 휴즈 4실점, 사바시아 5실점. 무슨 3-4-5 슬래시 라인이냐고 ㅋㅋㅋㅋㅋ
　-그나마 앤디가 잘해 줘서 다행이다.

1차전 7-3 승리. 2차전 8-5 승리. 3차전 5-7 패배.
식물 타선이라 조롱받는 템파베이를 상대한 결과치고는

만족할 수 없는 스코어에 더해.

심지어 3차전에서는 피로가 누적된 불펜진에서까지 실점이 나온 상황.

거짓말같이 방망이와 반비례하여 부진하는 선발진에 팬들이 불안해하는 것도 무리는 아니었고.


　-킴은 잘 던지겠지?
　-제발…….


그 불안을 저 멀리 날려 버리고, 불펜에 휴식을 부여할 압도적인 에이스를 찾는 것도 당연한 일이었다.

하지만 그 에이스가 한 경기 최다 실점을 기록한 것이 바로 이전 등판.

팬들이 마음 한구석에 걱정을 담은 채 만 19세 동양인 청년의 호투를 머릿속에 그릴 무렵.

"다시. 어깨가 너무 빨리 열려."

양키스 팬들의 간절한 눈길과 타 팀 팬 및 방구석 키보드 워리어들의 악성 댓글을 아는지 모르는지.

부우웅-!

김신은 아주 생소한 훈련에 열중이었다.

"음, 이번엔 좋았어. 조금 더 레그 킥을 천천히 가져가 보자."

"예."

그가 방망이를 잡을 날이 다가오고 있었으니까.

인간이란 비교와 평가 그리고 순위 줄 세우기를 끔찍이도 좋아하는 동물이다.

서로 만날 일 없이 멀쩡히 잘 살고 있는 호랑이와 사자의 싸움 결과에 열광하고.

기라성같이 역사서를 장식한 장군들을 토론판에 소환하는 것도 모자라.

공신력 있다는 잡지에서 매년 100명의 인물을 선정하기까지 한다.

거기에 소속감이 한 스푼 끼어들면 그때부터 전쟁이 시작되는 건 말할 것도 없는 일.

"다저스가 최고지!"

"무슨 소리! 양키스가 최고지! 다저스는 에인절스 선에서 정리될걸."

"에인절스? 그딴 시골 촌놈들은 로열스도 못 이길 거다!"

누구보다 열정적인 메이저리그 팬들 또한 그러했지만.

포스트 시즌을 제외하면 내셔널리그와 아메리칸리그라는 양대 리그 팀들이 직접 대결을 치를 수 없는 메이저리그의 특성상, 그런 논쟁들은 설전(舌戰)으로만 끝났었다.

정확히 1997년까지.

그러나 1994년 파업 사태로 급감한 관중 수를 회복하기 위해 사무국이 어떤 제도를 추진하고.

1997년 6월 12일, 샌프란시스코 자이언츠와 텍사스 레인저스의 경기로 그것이 실현되면서.

팬들의 설전은 그 결과를 확인할 수 있게 되었다.

그 제도가 바로, 평소라면 만날 일 없는 내셔널리그와 아메리칸리그 팀들 간의 교류전(交流戰).

인터 리그(Inter League).

'역시 야구는 잘하는 놈이 잘하는 건가.'

그 인터 리그를 맞이하여 루키 투수의 타격을 점검하려던 뉴욕 양키스의 젊은 타격 코치, 케빈 롱은 쉴 새 없이 씰룩이는 눈썹을 다잡아야 했다.

따악ㅡ!

그렇지 않으면 자신이 어떤 표정을 지을지 상상하기 어려웠으니까.

인터 리그는 어떤 팀의 홈구장에서 열리느냐에 따라 룰이 다르다.

뉴욕 양키스의 홈구장인 양키 스타디움에서 열리는 경우엔 아메리칸리그 룰을 따르기에 별문제가 없지만.

상대하는 내셔널리그 팀의 홈구장에서 원정 경기를 치른

다면 지명타자가 없는 내셔널리그 룰에 따라 투수도 타격을 해야만 한다.

아무리 투수 타석이 타격을 기대치 않는 버리는 돌이라고 해도, 한 팀의 타격 코치로서 아무것도 안 할 수는 없기에 기초나 잡아 주고자 했을 따름인데.

따악—!

'아무리 그래도 이건 좀……!'

고교 경력도 없고, 마이너조차 제대로 거치지 않고 바로 메이저 데뷔.

데뷔하자마자 탄탄대로를 걷고 있는 이 어린 투수가 타격 훈련을 하지 않았다는 건 그가 더욱 잘 알고 있었다.

"……잘했어."

"이거 재밌네요, 은근."

그런데도.

따악—!

정타(正打)임을 선명히 알려 오는 이 청명한 소리는 뭐란 말인가?

틱—!

"이크."

"조심해. 무엇보다도 부상당하지 않는 게 1순위야."

물론 95마일 이상의 빠른 공을 칠 수 있는 것도 아니고, 정타보다는 빗겨 맞는 타구의 비율이 훨씬 높으며, 흘리는 공도 많다.

여러 가지 코스에 대처가 되는 것도 아니고 변화구를 칠 수 있는 것도 아니다.

빠억-!

그러나 오늘 타격 폼 자체를 처음 배운 사람이 벌써부터 피칭 머신이 쏘아 내는 90마일짜리 공을 정타로 연결한다는 것은.

김신의 타격 재능이 범상치 않다는 것을 뜻하는 너무나도 확연한 증거였다.

거기에 더 무서운 점은, 김신이 점점 성장하고 있다는 것.

따악-!

폼의 미세한 변화와 함께 공을 정타로 연결하는 비율이 눈에 띌 정도로 가파르게 증가하고 있었다.

"조…… 좋아."

기는 법을 알려 주자마자 걷고 있는 김신의 모습에 케빈 롱의 목소리가 흔들렸다.

하지만 손끝을 짜르르 울리는 익숙지 않은 감각에 오랜만에 순수한 즐거움을 만끽하고 있던 김신은 그 흔들림을 눈치채지 못했다.

'꽤 재밌잖아?'

이전 생, 30대 중반이 넘은 나이로 데뷔한 김신에게 그 누구도 타격 훈련을 하자고 이야기하지 않았다.

그 또한 몸 관리에 지대한 신경을 썼던바, 굳이 나서서 방망이를 잡지도 않았었고.

그래서 인터 리그 원정은 그에게 휴식이나 다름없는 말이었다.

오늘도 타격 코치가 직접 찾아와 얘기하기 전까지는 그가 타격을 할 수도 있다는 걸 까맣게 잊고 있었는데…….

따악─!

그런데 타격이, 그게 가져다주는 손맛이 이런 것일 줄이야.

'스트레스가 팍팍 풀리는 느낌인걸.'

즐거이 배트를 휘두르면서도, 김신의 재능은 본능적으로 문제점을 파악하고 개선해 나갔다.

'발에서부터 올라오는 힘을 회전으로…… 피칭이랑 비슷한 면이 있어. 그러니까, 레그 킥을 더 간결하게!'

따악─!

하지만 거기까지.

뻐억─!

"휘유, 봐주셔서 감사해요."

김신은 계속해서 쏘아져 나오는 공을 무시한 채 방망이를 내렸고.

"피칭이랑 비슷한 면이 있네요, 온몸의 힘을 집약한다는 게. 다음에 또 부탁드려도 될까요?"

미련 없이 훈련의 종료를 고했다.

색다른 즐거움?

물론 좋다.

가끔은 그런 데 심취하는 것도 괜찮겠지.

그러나 그가 가장 즐거워하고, 절절하게 원하며, 가장 잘하는 일은 따로 있었으니까.

"당연하지. 언제든 말만 해. 오늘 고생했어."

"넵, 고생하셨습니다."

김신의 커다란 손이 땅에 널브러져 있는 그의 소중한 무기를 주워 들었다.

쫘아악-!

인터 리그라는 제도가 정착되었다곤 해도, 당연히 한 시즌에 반대 리그의 모든 팀과 경기를 치를 수는 없다.

그렇다면 인터 리그 대진은 어떻게 결정될까?

그냥 사무국이 알아서?

아니면 로테이션을 돌려 가면서 골고루 만나도록?

정답은 인터 리그의 탄생 목적에 주목하면 쉬이 유추할 수 있다.

인터 리그의 탄생 목적은 결국 관중 수의 증가이고, 그걸 위해선 사무국은 '화제성'이 있는 라인업을 짜야만 한다.

즉, 펍에서 야구팬들이 설검(舌劍)을 휘둘렀던 대진, 그들이 가장 관심 있어 할 라이벌전.

그 위에 로테이션 매치를 살짝 끼얹는 것으로, 사무국은 인터 리그 대진을 만든다.

그리고 사무국에서 정한 양키스의 라이벌은.

"어디 메츠 따위가!"

"촌동네로 돌아가라!"

뉴욕 메츠(New York Mets).

지하철만 타면 곧바로 찾아갈 수 있는 거리에 둥지를 튼 팀.

그리하여 두 팀의 대결을 팬들은 이렇게 불렀다.

서브웨이 시리즈(Subway Series)라고.

[웰컴 투 메이저리그! 여기는 서브웨이 시리즈가 펼쳐지는 양키 스타디움입니다!]

사실 27개의 월드시리즈 트로피를 가지고 있는 양키스의 라이벌로 누가 붙든 부족하겠지만.

그중에서도 2번의 우승밖에 경험하지 못했고, 전통도 짧은 데다, 2000년대 초반부터 극심한 부진을 겪고 있는 메츠는 너무나도 부족하다고 할 수 있다.

거기에 서브웨이 시리즈라는 이름도 LA로 떠나기 전의 브루클린 다저스나 샌프란시스코로 떠나기 전의 뉴욕 자이언츠와 경기할 때 붙던 이름이니 더더욱.

하지만 그럼에도.

"우우우우우－!"

[하하, 분위기가 아주 화끈하군요.]

[서브웨이 시리즈니까요.]

2000년 월드시리즈를 서브웨이 시리즈로 만들었던 두 팀의 전력(前歷)과.

뉴욕이라는 미국 최대의 도시를 양분한다는 두 팀의 포지션은 서브웨이 시리즈를 인터 리그 최대의 볼거리로 만들었다.

득달같이 달려온 메츠 팬들과 집을 지키러 나온 양키스 팬들이 빽빽하게 들어찬 양키 스타디움.

"렛츠 고, 양키스!"

아메리칸리그 룰로 펼쳐지는 2012시즌 인터 리그 첫 번째 경기.

서브웨이 시리즈 1차전의 선발은 구로다 히로키의 부상 이후 붙박이 선발이 된 양키스의 풀타임 2년 차 투수.

"흐읍－!"

뻐엉－!

이반 노바였다.

"좋아요! 오늘 공 정말 좋은데요?"

오랜만에 1회부터 포수 마스크를 쓰게 된 게리 산체스는 기쁜 마음에 그를 격려했지만.

"……."

이반 노바의 표정은 딱딱하게 굳은 채 풀릴 기미가 보이지 않았다.

'마틴 씨랑 호흡 맞출 때는 안 이랬던 거 같은데…….'

간간이 웃기는 했지만, 오전 미팅 때부터 일관적으로 보이는 이반 노바의 부정적인 태도에 게리 산체스가 고개를 갸웃했다.

'물어봐도 아무 일 없다고만 하고…… 무슨 말 못할 큰일이 있나? 아니면 내가 루키라서 그런가?'

그러나 게리 산체스는 곧장 차오르던 의문을 접고.

'공에 문제는 없으니, 일단은 두고 보자.'

포수의 본분을 다해 계속해서 예민한 선발투수의 멘털을 북돋아 주고자 노력했다.

뻐엉—!

"오케이! 굿!"

그리고 짧은 연습 피칭 시간은 쏜살같이 흘러…….

"플레이볼!"

[경기, 시작합니다! 양키스의 선발투수는 이반 노바! 뉴욕 메츠의 타선은 1번 타자 커크 뉴엔하이스부터 시작되겠습니다!]

이반 노바의 켜켜이 쌓인 격분이 그라운드를 달궜다.

'오냐, 언제까지 나를 찬밥 대우하나 보자!'

뻐엉-!

[96마일! 이반 노바 선수, 홈팬들의 응원 덕인가요? 컨디션이 아주 좋아 보입니다!]

약 주고 병 주고

이반 노바.

도미니카 공화국에서 태어나 2004년 국제 자유계약으로 뉴욕 양키스에 입단한 이래 올해로 만 8년 동안, 그는 누구보다 혼신의 노력을 다해 왔다.

물론 누가 시켜서 한 게 아니라 스스로의 입신양명을 위해서 구슬땀을 흘린 것이었고.

지금도 스스로의 성공이 제1 순위라는 건 변함이 없다.

하지만 8년은 긴 시간이다.

패기와 두려움을 함께 안고 미국에 왔던 10대 소년이 어른이 되기에 충분한 시간이며.

메이저리그를 호령하고 메가 딜을 선사받아 호의호식한다

는 꿈속에 핀스트라이프 하나가 추가되기에도 넘치는 시간이다.

하나하나 착실하게 마이너리그라는 계단을 오르며.

좋은 성적을 거둘수록 확연히 달라지는 팀의 인정과 지원을 받으며.

이반 노바는 믿었다. 믿게 되었다.

나만 잘하면, 나만 성공하면 팀은 나의 헌신과 노력에 마땅한 보상과 찬사를 주리라.

내가 뛰는 팀은, 등에 이름조차 새기지 않는 오만한 팀이지만.

같은 핀스트라이프에게는 제한 없는 지원을 선물하는 영원한 우승 후보.

메이저리그의 지배자, 뉴욕 양키스니까.

2010년. 간신히 메이저리그에 올라와 10경기 1승 2패 ERA 4.50.

팬들은 그의 스터프와 제구 등 여러 가지를 들어 그를 폄하했다.

이반 노바는 생각했다.

'괜찮다. 꼰대란 꼰대는 모두 모인 보수적인 메이저리그 팬들이라면 그럴 수 있다. 아직 내가 더 성장할 수 있다는 걸 보여 주면 된다.'

2011년. 앤디 페티트의 은퇴와 필 휴즈의 이탈로 찾아온 천금 같은 기회.

풀타임을 치르게 된 이반 노바는 기다렸다는 듯 자신의 능력을 뽐냈다.

28경기 16승 4패, ERA 3.70. 심지어 12연승.

양키스의 실질적인 2선발이다, 슈퍼 노바다, 앤디 페티트와 C.C.사바시아를 이을 기대주다…….

여전히 의문을 표하는 작자들도 있었지만, 수많은 팬의 지지를 처음으로 받은 그에게 그런 건 눈에 들어오지도 않았다.

기뻤다, 아주.

눈앞에 찬란한 미래가 기다리고 있는 것 같았다.

그런데 그가 날아오를 2012시즌이 시작되기 전, 계속해서 이상한 소식이 들렸다.

웬 경력도 없는 고졸 투수가 낙하산처럼 들어온 것을 시작으로 마이클 피네다라는 영 건이 새로 합류했고, 솔리드한 선발투수 구로다 히로키가 영입됐으며, 그라운드를 떠났던 앤디 페티트까지 복귀를 선언했다.

괜찮겠지. 팜에서 나온 순혈을, 그것도 2011년 신인왕 뺨을 때릴 정도로 활약한 투수를 홀대할 리가 없다.

이반 노바는 그렇게 생각했지만.

C.C.사바시아-구로다 히로키-필 휴즈에 이은 4선발.

만족스럽지는 않아도 그럭저럭 고개를 끄덕이던 그의 앞에.

[어-메이징 김신 선수! 믿을 수 없는 수비와 함께, 믿을 수 없는 기록을 세웁니다!]

전무후무한 데뷔전 퍼펙트의 주인공이 등장하면서부터, 그의 예상은 빗나가기 시작했다.

당장 김신이 3선발 자리를 꿰차면서 이반 노바는 5선발로 밀렸고.


이반 노바 아쉬운 패전! 연승 행진 멈춰


-얘 14연승이나 했음?
-어. 하긴 했는데 운이지. 이상하게 얘 경기만 되면 타선이 폭발하더라.


김신, 이 달의 투수상 수상!


-당연하지. 얘 아니면 누가 받누?
-외쳐! GG!


그를 찬양하던 팬들은 새로 나타난 김신이라는 뜨거운 감자에 홀려 등을 돌렸다.

거기까진 괜찮았다.

김신이라는 투수가 얼마나 대단한지는 그도 인정하지 않

을 수 없는 일이었으니까.

그래서 김신이 그렉 매덕스라는 대투수에게 가르침을 받는다는 소식을 들었을 때도 질투는 났지만 괜찮았다.

마이너 리햅에서 돌아온 앤디 페티트에게 밀려 6선발이 되었을 때도.

누구보다 그의 헌신을 알아줘야 할 앤디 페티트가 그를 보듬는 게 아니라 김신을 싸고돌았을 때도.

멘털이 흔들리긴 했지만 괜찮았다.

구로다 히로키에겐 미안한 일이지만 그의 이탈로 금세 다시 선발 자리를 거머쥐었으니까.

필 휴즈가 그렉 매덕스의 훈련 세션에 참여한다는 얘기를 들었을 땐 조금 이해하기 어려웠지만.

'뭐, 필 휴즈한테 뭔가를 보셨나 보지. 그나저나 잘하면 나도 곧……!'

희망을 불태울 순 있었다.

그러나.


─오늘부터 훈련에 참여할 단장 특별 보좌, 그렉 매덕스 님이다.


그렉 매덕스가 훈련에 합류하고, 그 대신 이제 막 팀에 합류한 코리 클루버라는 애송이를 훈련 세션에 집어넣었을 때는…….

'이런 엿 같은.'

참기 힘들었다.

김신, 게리 산체스, 조시 도널드슨으로 대표되는 '캐시먼의 아이들'이 받는 파격적인 대우에 대한 불만.

그동안 알게 모르게 쌓여 왔던 박탈감.

그것들이 모조리 폭발했다.


―김신도 인간인데 어떻게 매번 긁힘? 곧 두들겨 맞을 날이 올 것.


평소처럼 익명성에 기대 인터넷이라는 바다를 헤엄쳐 다녀도 그 감정은 해소될 일 없이 커져만 갔다.

'내가 도대체 왜……!'

그러던 중 기회가 찾아왔다.

김신이 대량 실점으로 강판당하고.

앤디 페티트, 필 휴즈, C.C. 사바시아가 모조리 좋지 않은 모습을 보인 것.

'오냐, 언제까지 나를 찬밥 대우하나 보자!'

이반 노바는 젖 먹던 힘까지 쥐어 짜 팔을 휘둘렀다.

그의 목소리가 저 멀리 울려 퍼지도록.

그의 가능성과 능력을 세상이 알 수 있도록.

그리고 잔혹한 승부의 세계가.

따아악-!

대답했다.


뻐엉-!

[96마일! 이반 노바 선수, 홈팬들의 응원 덕인가요? 컨디션이 아주 좋아 보입니다!]

96마일.

속구 앞에 강(強)이라는 접두사를 붙이는 기준인 95마일을 상회하는 속구.

이반 노바 자신의 평균 구속인 93마일을 훌쩍 뛰어넘는 그 공은 가시적인 성과를 거두었다.

따악-!

[3루수 정면! 조시 도널드슨 여유 있게 잡아서 1루에!]

뻐엉-!

[아웃! 2구 만에 선두 타자를 3루수 앞 땅볼로 돌려세우는 이반 노바!]

오로지 구위만으로 윽박질러 뉴욕 메츠의 1번 타자 커크 뉴엔하이스를 3루수 앞 땅볼로 솎아 낸 것.

그래서였다.

'흥, 스터프가 어쩌고 어째?'

이반 노바가 타석에 들어서는 2번 타자 조시 톨에게도 강속구를 구사해 보고자 마음먹은 것은.

물론 구위로 타자를 눌러 버리는 것도 투수의 전략 중 하나임은 분명하다.

그러나 과유불급(過猶不及)이라는 옛말이 있듯이.

온몸의 힘을 한 치의 낭비 없이 끌어모으는 섬세한 작업인 피칭에 무리한 힘을 투사하면.

잠시간 구위를 끌어올릴 수는 있어도 필연적으로 제구 난조를 필두로 하는 수많은 약점을 노출하게 마련이다.

그 사실을 잘 알고 있는 평소의 이반 노바였다면 깜짝쇼로만 강속구를 사용한 뒤 다시 원래 피칭 메커니즘을 따랐을 것이다.

하지만 구위 하나만으로 윽박질러서 선두 타자를 잡아낸, 오랜만에 느껴 보는 고양감과 그의 가슴속에 쌓여 있던 울분, 그리고 눈앞의 타자가 빈타에 허덕인다는 사전 지식은…….

'한 번만 더'라는 마성의 단어를 생각하게 했고.

"흐아압-!"

메이저리그에 한가운데로 파고드는 100마일 미만의 속구를 치지 못하는 타자는 없다는 자명한 진리를.

따악-!

절감(切感)해야 했다.

[강력한 타구! 1, 2루간 빠집니다! 우익수 추신서-!]

빼엉-!

"세이프!"

양키스 우측 외야의 수호신, 추신서의 강력한 어깨로도 넉넉히 2루를 허용해야만 하는 클린 히트.

아직도 귓가를 울리는 타격음과 바로 뒤에서 들려온 거센 포구음은 이반 노바의 정신에 찬물을 끼얹었다.

"후우……."

그리고 실수를 체감하는 즉시 마이너, 메이저 통합 8년에 달하는 긴 선수 경험은 이반 노바를 평상시 상태로 환원시켰으나.

'이것 봐라?'

[나우 배팅, 넘버 5! 데이비드- 라이트!]

뉴욕 메츠의 심장은, 이미 기회를 포착한 지 오래였다.

데이비드 라이트.

2000년대 초반부터 지속된 뉴욕 메츠의 암흑기를 지탱하며.

뉴욕 메츠의 타격 기록 대부분을 갈아치운 메츠의 심장.

2009년 WBC에서의 활약으로 캡틴 아메리카라는 별칭까지 얻은 남자의 눈에 긴 한숨을 내뱉는 상대 투수의 머릿속이 적나라하게 보였다.

'뭔 일인지는 몰라도, 초구는 무조건 브레이킹 볼이다.'

분석 자료와는 달리 95마일 이상의 포심을 남발하더니.

실투인지 통배짱인지 모를 볼로 큼지막한 타구를 허용하고 긴 한숨.

누가 봐도 고집 피우고 무리하다가 역풍 맞고 자책하는 꼴이 아닌가.

그런 투수가 다시금 초구부터 패스트볼을 존에 찔러 넣을 수 있을까?

'웬만한 배짱으론 안 되지. 끝나고 지터 씨한테 엉덩이 좀 걷어차이겠구먼.'

클럽하우스를 호령하는 같은 호랑이를 힐끗 일별한 데이비드 라이트는 정면의 애송이가 신중히 고르고 있을 선택지를 더듬었다.

'체인지업, 커브, 슬라이더.'

그야말로 전통적인 조합.

이반 노바의 문제점이 바로 그것이었다.

적당한 포심, 적당한 브레이킹 볼, 평균 미만의 구위와 제구력, 배짱.

코리 클루버의 투심 장착에 비견될 만한 드라마틱한 변화를 겪지 않는다면 3선발 이상으로 성장하기 어려운 실링.

[이반 노바, 초구!]

데이비드 라이트가 쉽사리 결정을 내린 순간.

초반의 기세는 어디 갔는지 잔뜩 긴장한 듯한 이반 노바의 손에서 공이 튀어나왔다.

튀어나오자마자 슬쩍 솟아오르는 듯한 움직임을 보이는 그것은.

'커브!'

데이비드 라이트의 예상과 정확히 일치하는 것이었다.

지난 시즌의 부진을 딛고, 이번 시즌 내셔널리그 타격왕으로 유력하게 점쳐지는 남자의 방망이가 거침없이 돌았다.

따아악—!

맞는 순간 홈런임을 직감할 수 있는 거대하고 아름다운 아치.

[홈—런! 메츠의 캡틴이 1회부터 불을 뿜습니다! 데이비드 라이트의 투런 포!]

바깥쪽으로 도망가려는 커브를 완벽하게 잡아당긴 데이비드 라이트가 환한 미소를 지으며 다이아몬드를 돌았다.

'좌타자니까 슬라이더는 빼고, 커브는 방금 맞았고. 남은 건……'

그리고 스스로의 홈런을 즐기면서도 후속 타자를 위해 수 싸움을 지속하던 그의 눈에.

"후우……"

연신 심호흡으로 오르락내리락하는 투수의 가슴이 들어온 순간.

'초심으로 돌아가자 이건가?'

피식 웃음을 짙게 한 데이비드 라이트는 홈플레이트에서 그를 기다리던 후배에게 속삭였고.

"초구 포심. 노려 봐."

"예써, 캡틴."

따아악—!

[아, 이번에도 초구 타격! 큽니다!]

리더의 지시를 충실히 따른 팔로에 의해.

또다시 흰색 점 하나가 담장 너머로 사라졌다.

[백투백—! 1회에만 홈런 두 방으로 3점을 선취하는 뉴욕 메츠!]

이반 노바의 고개가 떨궈졌다.

고작 공 5개에 3실점.

1회 초부터 쉬이 세우기 어려운 기록을 세운 이반 노바는 계속해서 흔들렸다.

3회 초.

지난 1회의 끔찍했던 기억 탓인지 다시 돌아온 뉴욕 메츠의 상위 타선을 상대로 볼넷을 남발하며 1사 만루를 자초했고.

따악-!

[이 타구가 우중간을 깔끔하게 가릅니다! 다니엘 머피의 싹쓸이 안타!]

기어이 뉴욕 메츠의 5번 타자 다니엘 머피에게 일격을 허용하며 6실점.

야수들이 힘들게 따라잡아 놓은 점수가 다시 2-6으로 벌어졌다.

[조 지라디 감독이 올라옵니다. 교체일까요?]

[이제부터 그나마 숨 쉴 수 있는 하위 타순이니 교체한다 해도 이번 이닝까지는 맡길 것 같습니다. 격려 차원이 아닐까 합니다.]

[오, 정확한 예측이십니다. 조 지라디 감독, 이반 노바 선수의 어깨를 두드려 주고 내려갑니다.]

[불펜이 가동된 지도 오래되지 않았으니까요. 아직 몸이 풀릴 시간이 아니죠.]

6번 타자 스콧 헤어스턴을 간신히 유격수 땅볼로 잡아내며 제 할 일을 하나 싶더니.

따악-!

[아아. 이반 노바 또다시 안타를 허용합니다! 이케 데이비스의 진루타!]

[이제 더 이상은 힘들겠군요.]

7번 타자 이케 데이비스에게 또다시 안타를 허용하며 끝내 무너져 내렸다.

[말씀드리는 순간, 조 지라디 감독이 다시 올라옵니다. 그리고……
네, 공 돌려받습니다. 교체네요.]

[아무리 타선이 힘을 내도 선발이 이렇게 무너지면 어렵죠. 뉴욕 양키스 선발진이 단체로 슬럼프에 빠진 것 같습니다.]

그리고 이어진 2사 1, 3루의 터프한 상황.

"어려운 상황이지만 잘 부탁한다."

"최선을 다하겠습니다."

루키라고는 믿기 어려운 무표정한 남자가 마운드에 올랐다.

[조 지라디 감독의 선택은 코리 클루버입니다!]

2와 2/3이닝이라는 짧디짧은 기간 만에 2개의 공을 담장 너머에 선물하고 마운드를 내려온 이반 노바.

마사지와 아이싱을 위해 라커룸으로 사라지는 그의 등을 바라보며, 김신은 미간을 찌푸렸다.

'흐음…… 전반기까지는 잘 던졌던 걸로 기억하는데. 그냥 안 좋은 날인가?'

팀을 이끄는 1선발 에이스건, 간신히 선발 명패만 유지하고 있는 5선발이건, 투수란 1년에 30경기밖에 뛰지 못하는 존재다.

물론 뛰는 경기의 수가 30경기라는 것이지, 수확할 수 있는 승리의 숫자는 다르다.

김신과 같은 리그를 지배하는 투수의 경우 20개가 넘는 승리를, 이반 노바보다도 못한 평범한 팀의 5선발은 한 자릿수도 안 되는 승리를 기록한다.

그러나 결국 그 둘 모두 결국 한 사람의 투수라는 건 변하지 않는다.

그 말인즉슨.

'이반 노바가 여기서 부진하면 안 돼.'

개인의 성공뿐 아니라 양키스 왕조의 건설 또한 목표로 두고 있는 김신에게는 반드시 팀원들의 도움이 필요하다는 뜻이었으며.

그것이 곧 김신이 캐시먼과 헤빈, 언론을 충동질해 미래의 스타들을 모으고 필 휴즈를 그렉 매덕스 앞에 데리고 간 이유였다.

하지만 프레디 가르시아의 트레이드 당시 보인 향상심과 잠깐의 코칭으로 드라마틱한 변화가 가능했던 점 덕에 먼저 손을 댈 수 있었던 필 휴즈와 달리.

이반 노바의 경우 김신으로서도 딱히 방법이 없는 상황.

"흐음……."

이미 어둠만이 남은 통로를 바라보며 침음을 흘리던 김신은.

'뭐, 일단은 지켜보자.'

이내 그라운드 쪽으로 시선을 옮겼다.

뻐엉—!

훨씬 더 중요한, 20개가 넘는 승리를 가져올 투수가 그곳에 있었으니까.

[코리 클루버. 트레이드된 지 며칠 안 된 이 선수가 양키 스타디움 데뷔전을 치릅니다! 정말 터프한 상황에 마운드를 이어받게 됐는데요. 어떤 선수인지 설명 좀 해 주시죠.]

[아시다시피 매니 바누엘로스, 라울 이바네즈를 주고 클리블랜드에서 데려온 선수입니다. 지난 시즌 확장 로스터 때 데뷔, 3경기에 출전해 4와 1/3이닝 동안 4실점을 기록했던 바 있습니다.]

[듣기만 해서는 특별한 활약을 했다고 말하기는 어렵다는 생각이 드는데요. 조 지라디 감독은 왜 서브웨이 시리즈 1차전의 승패를 가르는 이런 중요한 순간에 코리 클루버 선수를 택했을까요?]

[이번 시즌 초반 트리플A에서 준수한 모습을 보이기도 했고, 피홈런이 극도로 낮고 볼넷을 잘 주지 않는 투수이기 때문일 겁니다. 그라운드 볼 유도 능력이 아주 출중하고 공격적인 피칭을 하는 선수입니다. 또한 상대할 오마 킨타니야 선수가 좌타자이니, 충분히 경쟁력이 있죠.]

[그렇군요.]

[다만 원래 보직이 선발이니만큼 롱 릴리프로 올린 걸 텐데, 왜 원 포인트 릴리프를 올리지 않았는지는 모르겠습니다. 분 로건 선수나 클레이 라파다 선수가 있는데요.]

연습 피칭을 하고 있는 코리 클루버를 향해 쏟아 낸 해설 위원의 말.

충분히 일리가 있는 소리였다.

중계를 보고 있던 양키스 팬들이 갑론을박했다.


–오 마이 갓. 공격적으로 피칭을 한다고?

–왜. 도망가다가 더 크게 얻어맞는 것보단 낫지. 지금 아니면 언제 공격적으로 플레이함? 구원 투수인데?

–고작 메이저 경험이 3경기인데 이런 상황에서 제대로 던지겠냐? 쓰는 건 좋다 이거야. 근데 왜 원 포인트를 안 올리고 바로 올리냐고.

–완전히 언 것 좀 봐. 표정이 그냥 로봇이네.


원 포인트 릴리프(One-Point Relief).

팀의 위기 상황에 올라와 딱 한 선수만 잡고 내려가는 보직으로, 흔히 LOOGY(Lefty One Out Guy)라고 불리는 불펜 투수.

팬들과 해설 위원들의 의문처럼, 양키스에는 이런 위기 상황에서 원 포인트 릴리프로 뛸 수 있는 베테랑 좌완이 둘이나 있었다.

그에 반해 코리 클루버는 한순간의 위기가 아니라 최소 3이닝을 책임지는 롱 릴리프(Long Relief)에 더 적절한 선수.

더군다나 메이저 경험이 일천한 신인을 2사 1, 3루라는 터프한 상황에 내는 것은 누가 봐도 합리적이지 못한 조치였으나.

조 지라디 감독은 팔짱을 낀 채 얼은 건지 평온한 건지 모를 무표정으로 마지막 연습구를 던지는 코리 클루버를 바라보는 것이었다.

'나에게도 보여 봐라.'

선수단의 구성은 단장의 권한이지만, 선수의 기용은 오롯이 감독의 권한.

그 권한을 한 손에 쥔 조 지라디의 눈에 아직 코리 클루버의 빛은 미약할 따름이었으나.

'캐시먼과 매덕스를 현혹시킨 너의 그 가능성을.'

오랫동안 양키스라는 팀을 위해 함께 일해 온 캐시먼과 단장 보좌라는 괴상한 직책으로 팀 훈련에 합류한 레전드의 눈에 서린 기대는 충분히 보였다.

[나우 배팅, 넘버 6! 오마 킨타니야!]

원 포인트 릴리프를 올려 당면한 위기를 넘기고 4회부터 코리 클루버를 투입하는 것.

'이번 경기'만 보자면 그것은 합리적이고 안전한 선택이다.

하지만 '이번 시즌', 아니, 좀 더 나아가 '양키스의 미래'를 기준으로 삼는다면? 만약 코리 클루버가 역사에 이름을 남길 재목이라면?

과연 그래도 코리 클루버 대신 원 포인트 릴리프를 올리는 게 합리적이고 안전할까?

작게는 포스트 시즌이라는 백척간두의 단기결전에서 코리 클루버라는 남자를 어떻게 사용할지 결정하기 위해서.

크게는 시대를 지배할 미완의 대기일지도 모르는 남자의 성(成)을 돕기 위해서 내린 결정.

[코리 클루버 선수, 초구!]

2위와 8게임 차.

압도적인 선두를 달리는 양키스의 성적이 그 결정을 떠받쳤다.

따악-!

◉

야구의 신 베이브 루스에게 견줄 만한 유이한 타자 중 하나, 보스턴 레드삭스의 전설 테드 윌리엄스는 다음과 같은 말을 남겼다.

－초구를 좋아하는 타자의 타율이 어떤지 살펴보라. 1할도 안 되거나, 기껏해야 2할쯤 될 것이다.

84연속 출루라는 불후의 기록을 남긴 타자다운 말.

테드 윌리엄스의 조롱 아닌 조롱처럼, 타자 입장에서 초구를 건드린다는 건 잘 쳐도 본전이고 못 치면 극심한 손해가 발생하는 일이다.

상대 투수의 투구 수가 극도로 절약되기 때문.

그렇다고 초구 타율이 유의미할 정도로 높은가 하면 그것도 아니다.

그런데도 '바뀐 투수의 초구를 노려라'라는 격언이 정설처럼 받아들여지는 것은 왜일까?

그것은 구원 투수라는 보직이 맞이하는 상황의 특이성 때문이다.

구원 투수의 제1 목표는 위기 상황을 삼진 또는 병살과 같은 범타로 최대한 빨리 극복하는 것이다.

따라서 대부분의 경우 타자와의 승부에서 유리한 고지를 선점하기 위해 초구부터 스트라이크를 잡고자 한다.

하지만 이미 경기 감각이 극도로 곤두서 있는 타자에 비해 막 올라온 구원 투수의 경기 감각은 저조하게 마련이고.

웬만한 강심장이 아니고서야 삐끗하면 패배로 이어질 수 있는 위기 상황에서 자신의 피칭을 온전히 선보이긴 어려운 일.

결국, 그 결과는 구원 투수의 초구 피안타율이 평상시보다 1할 이상 높다는 유의미한 통계로 이어진다.

그런데 심지어 그 구원 투수가 지독히 긴장하고 있을 루키고.

방금까지 마운드에서 난타당하던 투수와 비슷한 92마일의 속구가, 이미 타이밍을 맞춰 둔 그 공이 스트라이크존으로 날아온다면?

초구를 노리지 않을 이유가 없다.

그래서 오마 킨타니야는 거침없이 방망이를 돌렸다.

따악-!

하지만 그에겐 두 가지 불운이 따랐다.

하나는 코리 클루버의 잔뜩 굳은 표정이 긴장에 의해서가 아닌 본래 모습이라는 것.

[먹힌 타구! 유격수 데릭 지터!]

나머지 하나는 92마일의 구속을 지닌 그 속구가 2개의 실밥을 잡고 던진 공이라는 것.

[1루 송구! 아웃! 공 하나로 완벽하게 위기를 넘기는 코리 클루버! 조 지라디 감독의 선택이 성공했습니다!]

관중들의 박수를 받으며 더그아웃으로 들어오는 선수들 사이, 기쁨을 표할 만도 한데 여전히 같은 표정으로 걸음을 옮기는 코리 클루버를 바라보며 김신이 미소 지었다.

'좋은 경험이 될 거야.'

적절한 물과 흙과 햇빛을 줘 거목(巨木)으로 성장시킨 후에 세상으로 내보내느냐, 아니면 절벽으로 새끼를 던진다는 상상 속 동물처럼 일찍부터 경험을 양식으로 던지느냐.

이는 신인 선수를 육성함에 있어 언제나 뜨거운 논제가 되는 선택지다.

그중 김신의 생각은 오늘 조 지라디 감독이 보여 준 것과 같았다.

큰 점수 차가 벌어진 안정적인 경기나 이길 걸로 생각되는 약팀과의 경기, 상대 팀 4~5선발이 출장하는 경기에서 등판하기 시작해 점점 성장해 간다고?

그런 선수가, 겨우 그런 투쟁심으로 이 별들의 전장을 지배할 수 있다고?

'웃기는 소리.'

김신의 코웃음과 함께 경기가 이어졌다.

투심, 커터, 커브.

그라운드 볼을 유도하기에 특화된 스킬 세트.

그래서 어쩌면 양키 스타디움에 가장 잘 어울릴지도 모르는 코리 클루버의 공은 이반 노바를 신나게 두들겼던 뉴욕 메츠 타자들을 교란했다.

물론 완벽하진 못했다.

[데이비드 라이트! 우중간을 가르는 적시타!]

그러나 충분했다.

기록지에 새겨질 승리투수의 이름을 코리 클루버로 바꾸기에는.

[데릭 지터! 양키스의 판타지스타가 다시 한번 팬들에게 판타지를 선물합니다! 8-7! 양키스의 역전입니다!]

[정말 지독한 선수예요.]

요한 산타나, 5이닝 강판. 엘빈 라미레즈, 1.2이닝 강판.

핀스트라이프 선배들이 후배의 홈 데뷔전을 승리로 장식하기 위해 연신 공을 두들겼으니까.

3과 2/3이닝 1실점.

롱 릴리프로서의 역할을 충실히 수행한 뒤 코리 클루버는 마운드를 내려갔고.

뻐엉-!

"스트라이크아웃! 볼 게임 이즈 오버!"

뒤이어 올라온 조바 체임벌린-데이비드 로버트슨-마리아노 리베라는 매정하게 셔터를 내려 버렸다.


9-7! 양키스의 기적 같은 역전승!


-캬, 이 맛에 야구 보지!

-야구 말고 양키스.

-그게 그거 아니냐?

역전승이란 언제나 짜릿한 것.

팬들이 커뮤니티에서 축제를 즐길 무렵 양키스 선수단은 달콤한 휴식에 빠져 있었다.

단 한 사람.

핀스트라이프를 벗어 던지고 후드티를 입은 도미니카 혼혈만 제외하고.

　-이반 노바 저 미친 새끼는 지가 뭐라도 된 줄 알고 어깨에 힘 들어간 거다. 병신 같은 놈. 지가 김신인 줄 알아?

습관처럼 연 스마트폰 안에서 빛나는 악플.

이럴 줄 알고 있었고, 본인의 실수인 것도 맞았기에 라커룸에서 최대한 진정하고 돌아왔지만.

핵심을 정확히 찌르는 그 댓글에 이반 노바의 눈썹이 찡그려졌다.

　-그래도 오늘 경기 제외하면 잘했잖아. 연승도 김신보다 많이 했다고.

이반 노바가 익명으로 작성한 댓글이 달리기 무섭게 답글이 올라왔다.

-누굴 누구한테 비벼? 미쳤냐? 이반 노바는 꾸역꾸역 팀 타선에 업혀서 운 좋게 승수 올린 거고 ㅋㅋㅋㅋㅋㅋ 야알못 새끼야, 너 이반 노바 친구냐?

　-아무리 운이 좋았어도 이반 노바 자체도 잘한 거지. 왜 이렇게 꼬였음? 이반 노바가 너한테 뭔 잘못이라도 함?

　-ㅋㅋㅋㅋㅋㅋㅋㅋ 새끼, 이반 노바 지인 아니면 본인이냐?

　-배틀이야? 나도 끼어야지.

타다다다닥-!

밤늦게까지 이어진 키보드 배틀.

그 안에서 이반 노바는, 커다란 실수를 하고 만다.

"Son of bi×ch!"

　-노란 원숭이 새끼들이 서로 물고 빨고 지랄 났네.

쾅-!

마지막 댓글을 달고 원활한 키보드 배틀을 위해 옮겨 갔던 컴퓨터 책상에 샷 건 소리를 소환한 이반 노바.

"후우……."

한동안 씩씩대던 그는 이내 정신을 차리고.

"젠장, 이러면 안 되지."

패배한 병신이 된 씁쓸한 기분으로 댓글을 삭제했지만.

─너 인마, 잘못 걸렸어. 형이 인생에 대해 좀 가르쳐 주마.

사태는 이미 그의 손을 떠나 예기치 못하게 흘러가고 있었다.

'흔한 허세일 뿐, 별일 없겠지.'

이반 노바가 스스로 위안하며 잠자리에 든 사이.

"어? 진짜야? 진짜 이반 노바라고?"

양키스 팬이자, NSA(미국 국가안보국) 소속 천재 해커의 재능 낭비가 본격적으로 시작됐다.

"뭐, 아무리 양키스 선수라도…… 인생은 실전이지."

인종차별 투수 이반 노바, 중징계 피할 수 있을까?

지난밤 개인 메일에 도착한 자극적인 제목의 편지 하나에 캐시먼의 미간이 있는 대로 찌그러졌다.

"끄응…….'

이반 노바의 자택에서, 그의 손으로 어떤 내용의 글들이 작성됐으며 그것이 어떤 파급 효과를 낳을지까지 정성스럽게 PDF 파일로 정리되어 있는 메일.

"젠장."

물론 증거를 수집한 방법에서부터, 그의 개인 메일을 알아낸 것하며, 자료의 신빙성까지 명백한 불법의 테두리에서 작성된 스팸 메일이고, 사무국이든 법원이든 얼마든지 무마할 자신이 있었지만.

캐시먼은 단 한 가지 부류의 사람들 탓에, 이 무도한 해커의 메일을 무시할 수가 없었다.

"여론이 미쳐 날뛰겠군."

시커먼 사내들이 자그마한 공 하나를 가지고 땀내를 풀풀 풍기는 놀이를 스포츠로 있을 수 있게 만들어 주는 지고한 존재.

팬(Fan).

심지어 냄비 안에 들어 있는 것이 민족의 용광로라 불리는 미국을 가장 격렬히 끓어오르게 할 '인종차별'이니, 팬이라는 상관(上官)들이 어찌 반응할지는 불 보듯 뻔한 일이었다.

'이반 노바의 유니폼은 불태워지겠고…… 인권 단체니 뭐니 하는 친구들도 방문하겠지. 그리고 기사 제목은…… 양키스의 민낯, 승리를 위해서는 선수의 인성 따위 아무래도 좋은 건가. 이 정도 되려나.'

루머는 단 한 문장으로도 급속히 퍼져 나가지만 그것을 수습하는 데에는 수십 줄의 문장으로도 부족한 법.

누구보다 그 파괴력을 잘 알고 있는 남자, 브라이언 캐시먼은 그럼에도 안도의 한숨을 흘렸다.

"후우…… 그래도 최악은 아니라 다행이야."

이 자료를 획득한 해커가 양키스의 팬이었기에.

　요구 사항이 관철되지 않을 시, 이 자료는 언론과 SNS에 뿌려질 것.

별다른 피해 없이 해결할 수 있는 방법이 있었으니까.

틱-!

"조 지라디 감독 호출해."

뉴욕 메츠와의 서브웨이 시리즈 2차전이 예정된 6월 9일 아침, 양키스를 이끄는 두 거두가 이른 미팅을 가졌다.

　캐시먼과 조 지라디 감독이 물밑에서 바쁘게 움직이고 있을 무렵.

　그 작업의 최대 관련자 중 하나인지는 꿈에도 모를 김신은 느지막한 점심 무렵 침대에서 일어나 곧바로 컨디션 체크에 들어갔다.

"어디……."

　누가 보면 요가 강사로 착각할 법한 아크로바틱한 자세를 취하기를 몇 분.

김신은 마침내 고개를 끄덕였다.

"좋아."

공을 던져 봐야 더 정확해지겠지만, 요 근래 중 최상의 몸 상태였다.

어쩔 수 없이 포기해야 했던 몇 가지가 효과를 보이고 있었다.

그 몇 가지를 머릿속에 떠올리던 김신이 뒤통수를 긁적였다.

"게리한테 빨리 누구라도 붙여 줘야 하는데……."

새로운 구종을 위한 추가 훈련? 시즌 종료 후에 해도 충분하다.

캐서린과의 관계? 몸만 갈구하는 사이도 아니고 충분히 조절할 수 있다.

하지만 게리 산체스와 주기적으로 행했던 포구 훈련의 공백은 반드시 메꿔야만 하는 요소.

"휴즈 선배한테 부탁해 볼까? 아니면 코리 클루버?"

그 대신 수준급의 커브를 던져 줄 수 있는, 그러면서도 훈련에 참여할 가능성이 있는 투수들의 이름을 되뇌던 김신은.

"뭐, 일단은 나중에."

이내 그 생각들을 한편에 치워 버리고는 걸음을 옮겼다.

그리고 준비를 시작했다.

"별다른 건 없네."

스마트폰을 들어 혹시 모를 뉴스를 확인하고, 전화를 걸어 치즈버거를 배달시켰다.

─……Will Rock You!

"캬!"

김신은 게 눈 감추듯 3개의 버거를 먹어치우고, 응원가를 들으며 꼼꼼히 몸을 씻었다.

"흠흠흠~."

마지막으로 콧노래를 부르며 그의 유니폼과 닮은 흰색과 검은색 줄무늬 양말을 왼발 오른발 순서에 맞춰 신고 일어났다.

"오케이. 준비 끝."

양키스 왕조의 재건을 이끌 중흥 군주가 그곳에 서 있었다.

일국(一國)이 전성기를 구가하기 위해서는 몇 가지 조건들이 충족되어야 한다.

예를 들면 안정된 내정, 강력한 군대, 혼란스러운 주변 정세, 무능한 적 같은 것들.

역사가들 사이에 무엇이 더 중요한지에 대한 논란은 끊이지 않지만, 그 모든 것들 위에 필수적으로 존재해야 할 요소가 있다는 것에는 이견이 있을 수 없다.

때로는 그러한 조건들을 조성하고, 때로는 그것들을 적절하게 휘둘러 결국에는 찬란한 영광을 거머쥐고야 마는 초인(超人).

압도적인 카리스마로 대국을 지배할 군주(君主).

그레이트 양키스라 불리며 메이저를 지배한 양키스 왕조에도 당연히 그러한 존재들이 있었다.

말할 것도 없는 야구의 신, 제국의 아침을 연 남자 베이브 루스.

그 뒤를 받치며 포핏을 달성하고 비운의 병으로 은퇴한 루 게릭.

두 거인의 빈자리를 메우며 56경기 연속 안타라는 불멸의 기록을 남긴 조 디마지오.

선배들의 유산을 이어받아 열 손가락에 끼울 반지를 모조리 손에 넣은 요기 베라.

제국의 황혼을 불태운 미키 맨틀.

기나긴 암흑기를 청산하고 제국의 깃발을 다시 한번 드높은 창공에 흩날리게 한 코어4의 수장, 데릭 지터.

그들을 기억하는, 또는 그들의 모습을 보며 희망을 품어온 양키스 팬들이 그들의 후계자로 생각하는 남자의 공이.

뻐엉―!

뉴욕 메츠의 1번 타자, 커크 뉴엔하이스를 얼어붙게 만드는 순간.

대기 타석에 서 있던 메츠의 주전 포수 조시 톨은 생각했다.

마운드에서 벼락이 떨어지는 것 같다……고.

"스트라이크!"

절묘하게 바깥쪽 스트라이크 존을 꿰뚫는 직구.

[101마일! 김신 선수의 투구는 참 시원시원해요.]

'훌륭하군. 좋은 투수다.'

수없이 본 영상으로도, 전력분석원이 전해 준 자료로도 파악할 수 없는 기개가 그곳에 있었다.

본인이 포수이기에 더욱 체감되는 살벌한 구위에 조시 톨이 고개를 끄덕였다.

[김신 선수, 제2구!]

따악-!

정확히 같은 코스, 같은 구종으로 날아드는 2구.

썩어도 준치라 했듯 메이저리거 커크 뉴엔하이스는 힘껏 배트를 휘둘러 그 공을 컨택해 냈지만, 머나먼 1루를 밟기엔 역부족이었다.

[라인을 크게 벗어납니다! 파울! 2스트라이크를 선취하는 김신 선수!]

명백히 배트가 작은 공에 담긴 힘을 이겨 내지 못한 결과.

이어진 제3구는 코스는 같았으되, 커크 뉴엔하이스가 칠 수 없는 곳으로 달아나 버렸다.

부우웅-!

"스윙 스트라이크아웃!"

[절묘한 슬라이더! 기분 좋게 삼진으로 첫 타자를 처리하는 김신 선수입니다.]

강력한 포심과 예리한 슬라이더의 조화.

랜디 존슨이 증명해 낸 것처럼, 그것만으로도 리그를 지배하기에 손색이 없는 투수.

'저기에 체인지업, 커브까지 있다라……'

커크 뉴엔하이스가 내려간 좌타석에 똑같이 선 조시 톨이 마운드에 자리한 괴물을 바라보았다.

[좌타자 입장에선 저승사자죠. 100마일의 직구만 해도 무시무시한데, 직구가 좀 눈에 익을라 치면 슬라이더가 기다리고 있거든요. 거기에 체인지업? 커브? 와우!]

[맞는 말씀입니다만, 우타자라고 해도 비슷한 사정 아닌가요? 우완으로도 거의 흡사한 구종을 구사하니까요.]

[그러니까 말이 안 되는 거죠. 언빌리버블!]

[하지만 그런 선수도 맞아 나가는 게 야구고 메이저리그 아니겠습니까? 지난 경기처럼요.]

[맞습니다. 그렇죠.]

해설 위원들의 말을 들은 건 아니었지만, 조시 톨 또한 비슷한 생각을 했다.

완벽한 인간은 없고, 투수는 더욱 완벽할 수 없다.

지난 경기 5이닝 5실점이 이야기하듯, 저 괴물도 결국 인간에 불과하다.

그러나 조시 톨은 반대로 김신의 완벽함에 판돈을 걸었다.

'포심. 아웃사이드.'

마운드에서 왼손을 치켜드는 저 남자가 완벽한 투수는 아니다.

그러나 완벽하지 못할 때보다 완벽할 때가 훨씬 더 많은 투수는 맞지 않은가.

그렇다면 '예측'하지 못할 이유가 없다.

방금 눈앞에서 보았던 그 코스를 그리며, 조시 톨이 방망이를 움켜쥐었다.

뻐엉-!

"스트라이크!"

100마일의 하이 패스트볼.

명백히 스트라이크 존을 관통하는 공이었지만, 조시 톨은 미동조차 하지 않았다.

"하하하! 어때! 꼼짝도 못하겠지!"

"우우-! 그대로 서서 삼진당할 거냐!"

팬들의 야유를 한 귀로 흘리며, 조시 톨은 타석에서 몸을 웅크렸다.

본디 메츠가 양키스에서 바이오제네시스 스캔들의 연루자

였던 약쟁이, 프란시스코 서벨리를 데려와 주전 포수로 키우고자 했던 이유.

2할 중반에서 허덕이는 타율, 3할도 채 넘지 못하는 출루율과 장타율. 아니, 어쩌면 이번 시즌은 그보다 못할지도 모르는 자신의 방망이로 김신을 공략하기 위해서는 이 방법밖에 없었으니까.

뻐엉—!

[볼입니다. 조시 톨 선수가 커브를 잘 참아 냈네요.]

제2구.

같은 코스로 날아오다 급격히 떨어지는 커브.

조시 톨은 여전히 그대로였다.

오히려 결코 호락호락 타자에게 유리한 볼카운트를 허락하지 않는 파워 피처를 믿음 가득한 눈으로 응시했다.

'자, 던져라.'

다음 순간, 야수가 이빨을 드러내 그 도전에 응했다.

[김신 선수, 제3구!]

조시 톨이 믿어 온 완벽이 빛을 발하고, 그의 방망이가 그림같이 휘둘렸다.

하지만.

쐐액—!

조시 톨이 간과한 것이 두 가지 있었다.

첫째, 게스 히팅만으로 공략할 수 있었다면 랜디 존슨은 두 가지 구종만으로 어찌 리그를 지배했는가.

그리고 둘째.

'라이징······!'

김신의 포심 패스트볼이 종종 '훨씬 덜 떨어지는', 마치 솟아오르는 것 같은 효과를 보인다는 점.

따악-!

김신의 라이징 패스트볼이 조시 톨의 방망이 윗부분을 어루만지고 도망갔다.

[높이 뜹니다! 투수 직접······ 직접 처리합니다! 투 아웃]

글러브를 낀 오른손을 높게 치켜든 젊은 청년의 모습에 조시 톨이 미간을 좁혔다.

'분명 아깐 아니었어. 설마 조절해서 던지는 건가······?'

조시 톨의 생각은 맞기도 하고, 틀리기도 했다.

라이징 패스트볼이란 공의 압도적인 회전수를 바탕으로 조금 덜 떨어지는 공.

기본적으로 자신의 회전수와 수직 무브먼트가 뛰어나고, 라이징성을 띤다는 것을 아는 김신이 피칭의 마지막 순간 '조금 더' 공을 챔으로써.

'조금 덜'이 아닌 '훨씬 덜' 떨어지는 라이징 패스트볼이 탄생하는 건 맞았다.

하지만 그것을 유의미한 확률로 구사할 수 있느냐 하면 답은 NO였다.

백 번 던져도 스무 번이 채 될까 말까 한 수준.

거기다 섬세한 피칭 메커니즘을 흔드는, 자칫 실투를 양산할 수도 있는 행위였기에 자연히 김신 또한 자주 시도하지는 않았다.

하지만 가끔 시도하는 정도만으로도…….

'타자들한텐 변화구가 하나 더 있는 느낌이겠지.'

김신이 표정을 숨긴 채 웃었다.

부우웅-!

"스윙! 스트라이크아웃!"

[이번엔 커브로 결정짓네요. 삼자범퇴! 1회 초가 마무리됩니다.]

메츠의 심장 데이비드 라이트 또한 첫 만남에서 김신 공략에 실패함으로써 뉴욕 메츠의 1회 초 공격이 소득 없이 마무리됐다.

그러나 메츠 선수들의 표정은 전혀 어둡지 않았으니.

[오늘 경기, 아무래도 투수전으로 진행될 것 같죠?]

[그렇습니다. 메츠가 맞불을 놨죠.]

서브웨이 시리즈 2차전.

아메리칸리그를 박살 내고 있는 김신을 상대로, 뉴욕 메츠가 꺼내 든 카드는.

조시 톨이 비실한 방망이를 갖고도 자신의 출전 기회를 걱정하지 않았던 보험.

[피처, 넘버 43!]

'예측'이 불가능한 투수.

심상치 않은 성적을 써 내려가고 있는 메츠의 에이스였다.

[R.A. 디카-!]

만 37세 노장 투수의 손끝에서 태어난 나비가 그라운드를 누볐다.

너클볼(Knuckle ball).

타자도, 포수도, 심판도, 심지어 그 공을 던지는 투수까지 어디로 갈지 예측할 수 없는 공.

공에 회전을 걸어야 하는 다른 모든 구종과 달리 공에 걸리는 회전을 극한까지 억제하여 '밀어' 던지는 공.

부우웅-!

"스윙 스트라이크아웃!"

한 마리 나비처럼 나풀나풀 날아간 그 공이 캡틴 데릭 지터의 방망이를 희롱했다.

'도대체 어떻게 조절하는 건지 신기하단 말이야.'

별다른 일 아니라는 양 조시 톨에게 공을 돌려받는 R.A.

디키의 모습에서 과거 자신이 흘렸던 수많은 땀방울을 떠올린 김신이 고개를 저었다.

'손가락으로 튀기고, 엉덩이로 밀고…… 똑같은데.'

공의 회전을 억제하고 밀어서 던지는 너클볼은 그 특성상 투수의 팔에 가해지는 부담이 현격히 낮으며.

다른 모든 구종과 상이한 메커니즘을 가졌기에 재기할 수 없는 부상이나 세월에 스러진 투수마저도 일으켜 세우곤 한다.

1루 커버를 갈 수 없게 될 때까지 마운드에 설 수 있는 그 구종이, 2031년 극심한 구속 저하를 겪던 김신에게 절실했던 것은 당연한 수순.

그러나 김신은 너클볼을 익혀 낼 수 없었다.

아니, 정확히 말하자면 익힐 수는 있었다.

너클볼은 배우는 데 10분이면 충분하다는 말이 있을 정도로 단순한 공이니까.

하지만 그걸 '제대로' 익혔다고 할 수 있을까?

'도저히 스트라이크를 던질 수가 없었으니, 원.'

배우는 데는 10분이면 충분하지만 숙달하기엔 평생이 걸리는 공, 너클볼.

김신은 도저히 그 너클볼을 의도적으로 스트라이크존에 꽂아 넣을 수 없었다.

'스트라이크를 못 던지는 투수라니, 큭큭.'

다른 모든 구종에의 재능을 가진 김신을 욕심쟁이라 비웃듯, 김신의 너클볼은 홈플레이트를 어지러이 수놓았다.

도저히 포수가 잡을 수 없을 만큼.

따악—!

[먹힌 타구! 투수 정면! R.A. 디키, 직접 1루로…… 아웃입니다!]

[첫 타자 삼진, 두 번째 타자 투수 직접 처리. 이거 왠지 방금 전이 생각나는데요?]

[그러게 말입니다. 흡사한 패턴으로 흘러가고 있군요. 그럼 다음은 다시 삼진인가요?]

[두고 봐야겠죠. 추신서 선수는 선구안이 뛰어난 선수니까요.]

[그 선구안이 너클볼에도 적용이 될지! 추신서 선수가 타석에 들어섭니다!]

하지만 김신은 잠시간의 상념에서 깨어나 미소를 지었다.

'뭐, 이제는 상관없지만.'

과거를 털어 낸 자리에 우뚝 선 것은 비대하기까지 한 에고.

너클볼?

조금만 삐끗해도 밋밋한 배팅 볼이 되어 1경기 6피홈런을 헌납하고.

전담 포수 없이는 마음 놓고 던질 수도 없으며, 그나마 전담 포수를 쓰고도 폭투를 양산해 내는 불완전한 공.

그것 하나 못 던진다 해서 그게 어떻단 말인가.

따악—!

[2루수 다니엘 머피, 안정적으로 잡아서 1루로! 아웃입니다!]

[과정은 달라졌는데 결과는 똑같군요. 오늘 R.A. 디키의 컨디션도 아주 좋아 보입니다. 너클볼이 두 번은 휘는 것 같아요.]

[그렇습니다. 장군 멍군의 호투를 펼치고 있는 양 팀 선발! 이제 경기는 2회 초로 갑니다!]

200구까지 던질 수 있다는 중년의 너클볼러가 내려간 마운드를 향해, 이번 시즌 가장 많은 이닝을 먹어 치운 스위치 피처가 일어섰다.

따악—!

[라이트 필드! 뻗지 못합니다! 우익수 추신서가…… 잡아내면서 스리 아웃! 뉴욕 메츠의 2회 초 공격이 득점 없이 끝이 납니다. 잔루 1루!]

내야 땅볼, 안타, 삼진, 외야 플라이아웃.

초구를 노린 5번 타자 다니엘 머피의 텍사스 안타 하나를 제외하면 그 누구도 1루를 밟지 못한 뉴욕 메츠의 2회 초 공격은 순식간에 끝이 났다.

소요 시간, 약 5분.

채 식지 않은 손끝의 열기를 느끼며 R.A. 디키가 헛웃음을 흘렸다.

'대단하다, 대단하다 하더니……'

그와는 다른, 마치 타자를 짓눌러 버리는 듯한 피칭.

텍사스 레인저스에서 메디컬 테스트를 받기 전 그가 상상하던 화끈한 강속구 투수의 피칭이 디키를 20대 초반의 어느 날로 되돌렸다.

　-미스터 디키, 당신에겐 오른쪽 팔꿈치 인대가 없습니다.
　-예?
　-오른쪽 팔꿈치 인대가 아예 없단 말입니다. 통증을 참을 수 없었을 텐데, 어떻게 피칭을 했던 겁니까?
　-그게 무슨…….

베이스볼 아메리카 잡지에 나온 그의 팔을 보고 구단이 추진했던 추가 메디컬 테스트. 그곳에서 밝혀진 진실.

매번 느끼긴 했지만 피칭에 당연히 따라오는 수준이라 생각했던 통증의 진정한 의미가 의사에 입에서 흘러나오고, 하늘이 무너지는 듯했던 그 순간.

그로부터 시작된 파란만장한 야구 인생이 R.A. 디키의 뇌리를 스쳤다.

'참 어렵게 여기까지 왔다.'

결과가 공개된 순간 81만 달러에서 7만 5천 달러로 내려앉은 계약금.

그대로 야구를 포기할 수 없어 미리 들어 둔 10만 달러짜리 팔꿈치 보험조차 저버리고 시작한 프로 생활.

고통스러웠던 긴 마이너 기간과 ERA가 5를 훌쩍 상회하는 처참한 메이저 기록.

또다시 그를 절망하게 한 어깨 부상과…… 선택의 여지가 없었던 너클볼러로의 전향.

역대 한 경기 최다 피홈런인 6개의 홈런을 얻어맞던 일…….

"미스터 디키."

"아, 오케이. 갑시다."

어느새 장구류를 착용하고 다가온 전담 포수, 조시 톨의 음성에 회상에서 깨어난 R.A. 디키는 자리에서 일어서며 제 손을 바라보았다.

8승 1패 ERA 2.69.

내셔널리그 제1의 사이 영 후보로 일컬어지는 투수의 손을.

'그래도, 이 손으로 여기까지 왔다.'

과거? 물론 힘들었다.

하지만 그런 건 이제 중요하지 않다.

중요한 건 오직 저 앞에서 찬란히 빛나는 미래뿐.

찰리 허프, 팀 웨이크필드, 그리고 필 니크로.

그에게 흔쾌히 모든 걸 전수해 줬던 은인들의 염원, 너클볼러 최초의 사이 영.

그 영예가 눈앞에 선명히 보이는 위치에까지 기어이 올라와 선 남자가 걸었다.

찌르르 울려 오는 복부의 통증을 참아 내며.

'이깟 정도야, 집중하면 다 잊히지.'

시즌 초에 복부 근육이 찢어지는 부상을 입고도, 마침내 선배들의 염원을 이뤄 냈던 2012 내셔널리그 사이 영 수상자.

R.A. 디키가 자신을 환영하는 10인치의 흙더미에 발바닥을 박아 넣었다.

예정된 영광을 수확하기 위하여.

"플레이볼!"

뻐엉-!

2회 말.

나풀나풀 날아든 너클볼이 주인의 바람을 거스른 채 피육을 가격했다.

너클볼러에겐 세금과 같은 힛 바이 피치 볼.

마지막 순간에 가까스로 몸을 뒤틀어 등으로 공을 받아 낸 닉 스위셔가 인상을 찌푸리며 1루로 향했다.

[닉 스위셔, 힛 바이 피치 볼로 양키스의 이번 경기 첫 출루를 기록합니다.]

그러나 거기까지.

따악-!

[아, 이 공이 유격수 정면으로! 오마 킨타니야 2루 토스! 다시 1루로…… 아웃입니다! 깔끔한 6-4-3 병살!]

커티스 그랜더슨이 오마 킨타니야에게 택배 송구를 발송함으로써 병살로 이닝을 끝내 주었다.

김신은 묵묵히 공을 잡았다.

뻐엉-!

[3회에만 3삼진! 김신 선수, 오늘 무시무시합니다!]

[칼을 갈고 나온 게 느껴지네요! 대단한 피칭입니다!]

3삼진.

13개의 공으로 이닝을 삼켜 버린 김신이 내려간 자리에 R.A. 디키가 섰다.

3회 말.

따악-!

[이번엔 3루 쪽! 데이비드 라이트 가볍게 1루에…… 아웃입니다! 또다시 삼자범퇴로 물러나는 양키스 타선!]

홈런을 때리고 오겠다며 기세 좋게 나선 게리 산체스와 조용히 자신감을 내 보이던 조시 도널드슨이 맥없이 내야 땅볼로 물러났다.

김신은 다시 공을 쥐었다.

따악-!

[좌측 높이 뜹니다! 좌익수 브렛 가드너, 가볍게 처리! 스리아웃!]

데이비드 라이트에게 안타 하나를 허용하긴 했지만, 무리 없이 후속 타자를 처리해 낸 김신이 더그아웃으로 돌아갔다.

4회 말, 5회 초, 5회 말, 6회 초.

한때 상대의 것을 갈망했으나 각자의 방법으로 고지를 정복한, 자존심 강한 두 천재의 역투가 이어졌다.

따악―!

[다시 한번 유격수 정면! 오마 킨타니야 손쉽게 처리합니다. 양키스 타자들이 R.A. 디키에게 속수무책으로 말리고 있습니다!]

아메리칸리그에서 가장 뜨겁다는 양키스의 불방망이는 내셔널리그의 나비를 채집하지 못했고.

뻐엉―!

"스윙 스트라이크아웃!"

[몸 쪽 꽉 찬 직구! 데이비드 라이트, 손도 대지 못합니다!]

워싱턴, 애틀랜타와 지구 우승을 겨루는 뉴욕 메츠의 타선은 반도에서 온 지옥 불에 터져 나가기 바빴다.

수비, 공격, 수비, 공격의 쾌도난마(快刀亂麻)와 같은 진행.

[과연 양대 리그 가장 유력한 사이 영 컨탠더끼리의 대결입니다. 1~2점 내외로 결판이 날 것 같죠?]

[그렇습니다. 두 선수 다 쉽사리 실점을 허용할 것 같지 않네요.]

[이런 경기에선 선취점이 정말 중요한데요. 이제 양 팀 다 세 번째 타순이니 슬슬 나올 때가 됐습니다만, 누가 포문을 열까요?]

[아무래도 6회 초에 상위 타선이 이미 침묵한 메츠보다 양키스가 가

능성이 높다고 할 수 있겠습니다. 애초에 객관적인 타선의 힘은 양키스가 높기도 하고요. 하지만 오늘 디키 선수의 공이 워낙 좋아서 확신하기 어렵군요.]

현장에 나와 있는 해설 위원뿐만 아니라 집에서 경기를 지켜보던 시청자들도 명품 투수전에 감탄을 터뜨렸다.

　　─나…… 지금…… 떨고 있니……?
　　─이제 숨 쉬어도 돼! 휴식!
　　─선발이 박살 나는 것만 보다가 이런 경기 보니까 눈 정화된다.
　　─ㅇㅇ 리얼 천상계 대전. 김신도 김신인데 디키도 장난 아님. 아직 안타 맞은 거 없지?
　　─쉿. 큰일 날 소리.
　　─2안타 1볼넷 VS 1사사구 1볼넷 ㄷㄷ;

6회 초의 마지막 타자, 데이비드 라이트를 삼진으로 잡아내고 전광판에 찍힌 0의 향연을 일별한 김신이 마운드를 내려가며 미간을 좁혔다.

'노히터…… 거슬리는데.'

퍼펙트보다는 못하지만 단 하나의 안타도 허용하지 않아야 달성할 수 있는 위대한 기록, 노히트노런.

이닝을 끝내고 몰입에서 잠시 내려오자 그것이 그의 승부욕을 살살 찔러 오고 있었다.

그러나 김신은 이내 피식 웃으며 마저 걸음을 옮겼다.

'금방 하나 해 주겠지.'

지금의 양키스 타선은 과거 챔피언십시리즈에서 빈타에 허덕이며 셧아웃당한 그런 타선이 아니었으니까.

그렇게 잠시간의 휴식을 위해 더그아웃 속에 들어온 김신의 눈에 한 남자가 포착됐다.

"후우…… 쉴 시간이 없네, 진짜. 하필이면 선두 타자야."

꿍얼꿍얼 푸념을 내뱉으며 포수 장비를 해체하고 있는 그의 파트너, 게리 산체스.

하지만 푸념을 내뱉는 입과 달리, 그의 몸과 눈은 신중하게 가라앉아 있었다.

평소의 그와는 어울리지 않게.

그 모습을 물끄러미 바라보던 김신이 툭 뱉었다.

"풀스윙."

"응?"

"풀스윙하라고. 어차피 너클볼은 투수도 통제 못하는 공이야. 네 장타력을 믿어 봐."

방망이를 손에 쥔 채 김신의 말을 듣던 게리 산체스가 코웃음 쳤다.

"하, 내가 오늘 땅볼 좀 쳤기로서니 투수한테 훈수받을 레벨은 아니거든? 안 그래도 그럴 거였다, 인마. 눈 잘 뜨고 봐라. 이 형이 홈런 한 방 때리고 오마."

그러고서는 보무도 당당히 그라운드를 향해 나아가는 산체스를 바라보며 김신은 뇌까렸다.

'그래, 시원하게 휘두르라고.'

[나우 배팅, 넘버 24! 게리- 산체스!]

0.307 / 0.4 / 0.612.

OPS 10할의 슬러거가 타석에 섰다.

메이저리그에서 보통 타자를 평가한다 치면 다섯 가지 항목을 체크한다.

파워, 주루, 컨택, 수비, 어깨.

그리고 그 모두를 충족시키는, 마이크 트라웃 같은 괴물을 일컬어 5툴 플레이어라고 칭한다.

하지만 당연하게도, 세상에 그런 타자가 흔할 리 만무한 일.

만약 흔했다면 5툴 플레이어라는 칭호가 찬사로 받아들여질 리 없었을 터다.

따라서 대다수의 메이저리그 타자들은 각자의 방법으로 생존을 모색한다.

그 유형을 러프하게 나누자면 두 가지라고 할 수 있는데.

스즈키 이치로처럼 컨택과 주루에 집중하는 유형.

그리고 마크 맥과이어처럼 장타력에 집중하는 유형이 바

로 그것이다.

그중 게리 산체스의 선택은 후자였다.

'남자라면 홈런이지.'

물론 어느 방법으로라도 잘하기만 하면 충분히 메이저에서 살아남을 수 있다.

스즈키 이치로처럼 내야안타를 치고 나가서 센스 있는 주루 플레이로 투수의 멘털을 흔드는 것도 매우 중요한 일이다.

하지만 아무리 스즈키 이치로라도…… 아니, 심지어 도루 왕으로 유명한 루 브록이나 메이저 유일의 통산 출루율 4할 타자 리키 핸더슨이라도 홈스틸은 지난한 일.

결국 승리하기 위해 꼭 필요한 마지막 발자국을 혼자서는 확정 지을 수 없다.

반면 마크 맥과이어 같은 슬러거는 어떠한가.

비록 그 성적이 약물로 점철된 더러운 것일지라도, 타석에선 마크 맥과이어는 단 한 번의 휘두름으로 경기의 흐름을 좌지우지할 수 있었다.

자주 맞긴 하지만 맞아 봐야 1루 베이스를 채우는 데에 그치는 교타자.

자주 맞진 않지만 한번 맞으면 전광판의 숫자 2개를 바꿔 버리는 거포.

마운드의 투수에게 어느 쪽이 더 큰 공포를 느끼게 할 수 있는지는, 말해 봐야 입 아픈 일 아니겠는가.

[나우 배팅, 넘버 24! 게리- 산체스!]

스피드나 컨택은 조금 떨어진다.

그렇다고 선구안이 특출한 것도 아니다.

그러나 파워 하나만큼은 누구에게도 뒤지지 않는 타자, 게리 산체스.

객관적인 분석으로도, 개인의 선호로도 명백히 슬러거인 그가 자신의 스윙을 버리고 컨택 위주의 스윙을 한다?

평소라면 말도 안 되는 일이지만, 오늘의 게리 산체스는 그럴 '뻔'했다.

"훅, 훅……!"

이번 경기 두 번째 타석에 서서 숨을 고르는 게리 산체스의 등 뒤로, 해설 위원들의 코멘트가 달렸다.

[게리 산체스 선수, 6회 선두 타자로 R.A. 디키 선수와 두 번째 대결을 펼칩니다. 양키스 팬들이 격하게 아끼는 선수죠?]

[그렇습니다. 데뷔 타석 홈런을 치면서 파격적으로 등장했고, 이후로도 준수한 활약을 펼쳤죠. 다만…… 지난 경기부터 성적이 영 좋지 못합니다. 과연 일시적인 부진일지, 루키의 위기일지는 지켜봐야겠죠.]

7타석 7타수 3안타.

홈런 하나와 2루타 하나를 엮어 0.429 / 0.429 / 1.000.

표본은 적지만 한순간이라도 MVP급 성적을 기록지에 찍어 낼 수 있는 '젊은', '포수'.

그 매력적인 어필을 통해 러셀 마틴을 누르고 연속 선발 출전이라는 좋은 기회를 받았지만, 게리 산체스의 근래 성적은 빈말로도 좋지 못했다.

8타석 6타수 1안타 2볼넷. 0.167 / 0.375 / 0.167.

메이저에 발을 붙이고 있을 수 없는 충격적인 결과.

거기에 현재 상대하는 투수는 절정의 너클볼러.

불안해진 루키 슬러거가 자신의 스윙을 잃어버릴 딱 좋은 조건이었지만.

'녀석 말이 맞아. 너클볼은 투수도 통제하지 못하는 공. 풀 스윙이 답이다.'

게리 산체스의 방망이가 누군가의 도움으로 흔들림 없이 하늘을 찔렀다.

그리고 그 뒤를 다시 단단해진 치기 어린 패기가 받쳤다.

[말씀드리는 순간, R.A. 디키 초구 던집니다!]

그 모습이 가소롭다는 듯 날아드는 노장 투수의 너클볼.

부우웅─!

"스트라이크!"

잠시 뒤, 경기장에 호쾌한 선풍기 바람이 불었다.

공 3개는 차이 날 듯한 어이없는 헛스윙.

"개자식! 그렇게 돌릴 거면 엄마 젖이나 더 먹고 와!"

"우우─!"

성급한 일부 팬들의 야유가 쏟아졌지만.

'젠장, 이따위로 꺾이기 있냐? 운이 나빴네.'

게리 산체스는 눈 하나 깜짝하지 않은 채 양손 장갑을 다시 잡아당긴 뒤 똑같은 자세를 잡았다.

제2구.

부우웅-!

"스트라이크!"

방금 전보단 나아졌지만, 여전히 공과 만남을 갖기엔 배트의 궤적이 너무 멀었다.

[게리 산체스 선수, 너무 스윙이 커요! 데뷔 초 좋은 성적이 독이 됐나요? 배트가 전혀 따라가지 못합니다!]

"저 미친 새끼, 왜 저래?"

"공을 똑바로 보라고!"

해설 위원뿐 아니라 우호적이었던 팬들까지 우려를 드러냈지만, 게리 산체스는 한결같았다.

그리고 제3구.

빙글-!

게리 산체스의 어림없는 스윙에 방심한 건지, 아니면 공을 쪼개 버릴 듯한 강력한 스윙에 놀란 건지.

빙글-!

이상적인 2회 미만의 회전수를 자랑하던 R.A. 디키의 너클볼이 한 번 더 돌았다.

빙글-!

"흐읍—!"

무회전이 아니게 된 무회전 슛은 그 아름다운 궤적을 잃는 법이고.

회전하는 너클볼은 너클볼이 아닌 배팅 볼이 되는 법.

따아악—!

거세게 휘둘러진 게리 산체스의 방망이가 드디어 공과 만났다.

[큽니다! 좌측 담장! 좌측 담장! 좌측 담장! 넘어갑니다!]

[이건 뭐 맞자마자 홈런이었습니다! 이게 또 이렇게 되는군요!]

[어마어마한 비거리입니다! 관중석 상단을 때리는 대형 홈런! 산체스 선수의 우직한 스윙이 결국 통합니다!]

[그것보다는 R.A. 디키 선수의 실투 쪽이 맞겠죠! 공이 밋밋하게 몰렸어요!]

숨 막히는 투수전의 분위기를 바꾸는 한 방.

그러나 유리한 고지를 손에 넣게 된 김신의 얼굴에 떠오른 것은 기쁨만이 아니었다.

그곳에 함께 자리한 건 손잡이 없는 맷돌을 바라보는 기분.

'미친놈.'

아무리 그가 풀스윙을 하라고 조언했다지만, 스트라이크나 볼도 구분하지 않고 선불 맞은 멧돼지처럼 냅다 휘두를 줄이야.

그것도 세 번이나.

김신이 절레절레 고개를 젓는 사이, 더그아웃에 개선한 산체스의 등과 헬멧에서 불이 났다.

쾅쾅—!

"미친 자식, 그걸 넘기냐!"

"잘했다, 산체스!"

경기가 계속됐다.

노히트노런이라는 대기록의 작성 도중 실투로 인한 통한의 피홈런.

멘털이 흔들릴 법도 하건만, R.A. 디키는 너클볼러가 유일하게 할 수 있는 행위를 계속했다.

삐엉—!

그저 움직이지 않는 홈플레이트를 향해 공을 밀어 내는 일.

"스트라이크! 아웃!"

담담한, 그러나 어느 때보다도 현란한 움직임을 보이는 그 피칭에, 조시 도널드슨, 데릭 지터, 브렛 가드너, 추신서로 이어지는 양키스의 쟁쟁한 타자들이 맥없이 물러났다.

[추신서 선수, 풀카운트 승부 끝에 루킹 삼진! 양키스의 6회 말 공격

이 추가 득점 없이 종료됩니다. 하지만 소중한 선취점을 획득한 뉴욕 양키스! 이제 경기는 7회 초로 이어지겠습니다.]

이어진 7회 초, 1-0 상황.

"렛츠 고! 양키스!"

양키스 유일의 안타를 올린 루키의 파이팅과 함께.

12연승의 눈앞에 선 불패의 투수가 마운드에 올랐다.

'경기 끝나고 한마디 해야 하나.'

행운이 선물한 홈런을 쳐 놓고 극도로 업된 파트너를 바라보며 걱정하기도 잠시.

[나우 배팅, 넘버 21! 루카스 두다!]

장내 아나운서의 호명과 함께 적이 모습을 드러내는 순간.

김신의 사고와 시야에 다른 것은 모두 사라졌다.

'루카스 두다. 0.292 / 0.370 / 0.482. 슬러거 유형의 3년 차.'

깨끗이 정리된 머릿속에 일목요연하게 떠오르는 상대의 정보.

타격 자세를 취하는 루카스 두다의 몸이 전해 주는 현재 상태와 의도.

그걸 바탕으로 김신의 왼팔이 움직였다.

뻐엉-!

"스트라이크!"

몸 쪽 높은 코스의 하이 패스트볼.

배터 박스에 바짝 붙었다가 눈앞을 스쳐 지나가는 공에 깜짝 놀란 루카스 두다가 침을 뱉으며 한 걸음 물러났다.

[101마일! 7회 초에 101마일이 나옵니다. 매번 김신 선수의 경기를 중계할 때마다 참 놀랍습니다. 스위치피칭을 해서일까요? 전혀 지치는 것 같지가 않아요!]

[지난 에인절스전에서는 6회에 본인 최고 구속인 103마일을 던졌죠. 스위치피칭도 스위치피칭이지만 축복받은 신체를 타고났다고 봐야 할 거 같습니다. 마치 9회까지 100마일을 던졌던 놀란 라이언처럼요.]

[지금 놀란 라이언과 비교를 하시는 건가요?]

[못할 건 또 뭡니까? 이대로만 던져 준다면 놀란 라이언뿐 아니라 그 어떤 투수와도…….]

평균 구속 99마일.

7회뿐 아니라 경기가 끝나는 시점까지 100마일을 뿌리는 김신의 구위에 해설 위원들이 갑론을박하는 사이, 루카스 두다에게 두 번째 공이 날아들었다.

뻐엉-!

"스트라이크!"

한 발짝 물러난 좌타자로서는 쉬이 건드리기 어려운, 바깥쪽 낮은 코스의 포심.

'마지막은…….'

천천히 빌드 업을 쌓아 올린 김신이 마침내 루카스 두다에게 사형선고를 내렸다.

제3구.

뻐엉-!

"스트라이크! 아웃!"

[삼구삼진! 속절없이 아웃 카운트를 헌납하는 루카스 두다 선수입니다.]

[좌타자들한테 저 슬라이더는 정말 악몽일 겁니다. 언터처블이에요! 알고도 당하는 공입니다!]

기록이 날아가고도 담담한 피칭을 이어 간 R.A. 디키의 평정심과 사이 영 레이스를 펼치는 팀의 에이스에게 승리를 챙겨 주고자 하는 뉴욕 메츠 타자들의 의지를 모두 짓눌러 버리는 절망적인 피칭.

그 앞에 뉴욕 메츠의 5번 타자, 다니엘 머피가 섰다.

김신의 뇌가 새로운 적에 대한 정보를 출력했다.

'다니엘 머피. 0.320 / 0.362 / 0.448. 수비를 제외하면 타격에선 딱히 빠지는 게 없는 만능형.'

다니엘 머피.

미래 LA 다저스의 중심으로 활약할 저스틴 터너를 방출하도록 만든 출중한 타격 재능의 사나이.

'만능형이라……'

양키스 전력분석팀의 평가를 떠올리며 피식 웃은 김신의 손끝에서 흰색 선이 튀어나왔다.

앞에서 루카스 두다가 어떻게 무너지는지 낱낱이 지켜본

다니엘 머피는 힘차게 배트를 휘둘렀지만.

따악─!

[라인을 벗어납니다! 파울!]

[완전히 힘에서 밀렸어요.]

그의 배트는 김신의 구위를 이겨 내지 못했다.

만능형의 다른 말은 '잡캐'.

일정 수준을 뛰어넘는 기량을 가진 상대 앞에서는 차라리 한쪽으로 치우친 것만 못한 것이 팩트였다.

김신의 두 번째 공이 다니엘 머피를 조롱하듯 같은 코스로 쏘아졌다.

뻐엉─!

"스트라이크!"

[다니엘 머피 선수, 슬라이더에 완전히 속았습니다! 헛스윙!]

[저건 정말······.]

투 스트라이크 노 볼.

순식간에 극도로 불리한 볼카운트에 몰린 다니엘 머피.

경기장에서 그 모습을 지켜보던 뉴욕 메츠의 팬들이 머리를 감싸 쥐었다.

"하늘도 무심하시지. 하필이면 왜 양키스에서 저런 놈이······!"

"젠장! 야, 이 자식들아! 한 점이라도 내 보라고!"

그러거나 말거나 김신의 자비 없는 이빨은 헐떡이는 사냥감의 숨통을 끊기 위해 날아들었다.

부우웅-!

"스트라이크!"

바깥쪽으로 날아들다 아래로 훅 가라앉는 예리한 커브.

다니엘 머피의 방망이는 분명히 돌았다.

하지만.

[아앗! 공 뒤로 빠집니다! 낫아웃! 낫아웃이에요!]

게리 산체스의 글러브가 심판의 아웃 콜을 거부했다.

빌드 업

 스트라이크아웃, 낫아웃.

 1루가 비어 있거나 2아웃인 상황에서, 포수가 투수의 공을 제대로 포구하지 못했을 때 발동되는 규정.

 이 경우 타자는 삼진을 당했지만 아웃이 아니며.

 포수가 공을 주워 태그를 하거나 1루수의 글러브에 공이 도달하기 전까지 1루 베이스로 내달릴 권한이 주어진다.

 양키스와 메츠의 서브웨이 시리즈 2차전 7회 초.

 그 규정이 기지개를 켰다.

 [아앗! 공 뒤로 빠집니다! 낫아웃! 낫아웃이에요!]

 다니엘 머피의 헛스윙 삼진을 이끌어 낸 김신의 예리한 커브가 포수 게리 산체스의 글러브마저 피해 낸 것.

뒤로 공이 흐르는 것을 확인한 다니엘 머피의 다리가 자신도 모르게 움직이고.

"이런 미친!"

"What the f×ck!"

더그아웃, 관중석, 경기장을 가리지 않고 경악이 흘러나오는 순간.

게리 산체스가 공을 쫓아 황급히 비운 홈플레이트로 김신의 몸이 쇄도했다.

그러나 아무리 김신이라 해도 순간 이동을 하는 초능력자가 아닌 한에야 할 수 있는 일은 없었고.

[게리 산체스, 공 잡아 송구! 1루에서…… 벗어납니다! 1루수 마크 테세이라 잡지 못했습니다! 다니엘 머피 2루까지! 우익수 추신서 던져 보지만…… 완전히 늦었습니다! 세이프! 1사 주자 2루가 됩니다!]

설상가상으로 악송구까지 겹치면서, 김신은 삼진으로 제압한 타자가 2루 베이스 위에 당당히 서는 어처구니없는 모습을 지켜봐야만 했다.

'한마디 하는 건 당연하고…… 포구 훈련에 대해서도 다시 고민 좀 해 봐야겠어.'

경기 종료 후 산체스를 위한 피드백 타임을 내심 확정한 김신이 2루 베이스를 밟고 숨을 돌리는 다니엘 머피를 잠시 바라보고 있을 찰나.

"허억, 허억……! 미안…….'

헐레벌떡 홈플레이트로 돌아온 게리 산체스가 고개를 숙였다.

"괜찮아."

동점도 역전도 아닌, 고작 베이스 2개.

더군다나 그의 폭투가 아닌 게리 산체스의 포일과 실책으로 기록될 확률이 높은 상황.

안 그래도 흔들리고 있을 친구의 멘털을 위해, 김신은 짧은 한마디를 남긴 채 마운드로 돌아갔다.

'포스트 시즌에서 나오는 것보다야 훨씬 낫지.'

원역사, 챔피언십 시리즈에서 포일을 기록하며 트라우마를 갖게 됐던 것에 비하면 새 발의 피도 안 되는 실수.

이 정도 가지고 경기 중에 친구를 쥐 잡듯 잡을 생각은 애초에 없었다.

그리고.

'나머지도 삼진으로 잡으면 끝인데, 뭐. 오히려……'

6번 타자 스콧 헤어스턴과 7번 타자 이케 데이비스를 삼진으로 잡아내면 달성할 수 있는 기록, 1이닝 4삼진.

전생에서도 이루지 못했던 이색적인 기록에, 기록 사냥꾼의 눈빛이 빛났다.

[나우 배팅, 넘버 12! 스콧 헤어스턴!]

그러나 뉴욕 메츠의 감독 테리 콜린스는 그 기록을 허락할 생각이 조금도 없었다.

우타자인 스콧 헤어스턴을 맞이한 김신이 오른손으로 피칭하겠다는 신호를 보내자마자, 우타석에 서 있던 스콧 헤어스턴의 타격 자세가 변화했다.

[여기서 작전이 들어갑니다. 번트 자세를 취하는 스콧 헤어스턴! 이 선수가 평소 번트를 자주 대는 선수는 아닌데, 과연 언더핸드를 꺼내 든 김신 선수를 상대로 좋은 결과를 만들 수 있을까요?]

[해 내야죠. 메츠 입장에서는 놓칠 수 없는 기회니까요.]

1사 2루.

이번 경기 마지막이라고 할 만한 천금 같은 기회를 살리기 위해 결연한 표정으로 자신을 바라봐 오는 스콧 헤어스턴의 얼굴에 김신은 피식 웃었다.

'나중에 기회가 또 있으려나. 어쩔 수 없지.'

퍼펙트도, 노히터도 아닌 고작 1이닝 4삼진.

팀의 승리에도 개인의 영광에도 하등의 영향을 주지 않는 특이하기만 한 기록.

그런 데 얽매일 생각은 추호도 없었으니까.

다만 쉽게 번트를 내주느냐 하는 건 다른 이야기.

'한번 해 봐라!'

땅에서 솟아오르는 김신의 언더핸드 업숏이 홈플레이트를 향해 날았다.

따악—!

몇 번 경험해 보지 못한 언더핸드 투수.

그것도 위로 휘는 업숏을 상대로 한 번트.

작전을 수행한 적이 거의 없는 슬러거 유형의 타자, 스콧 헤어스턴은 번트를 제대로 대지 못했다.

[높이 뜹니다!]

빗맞으며 높이 떠오른 공.

'굿.'

그라운드 타구가 아닌 플라이 타구를 만들어 주자를 2루에 묶어 버린다는 김신의 의도는 일견 성공하는 듯 보였다.

하지만 상황은 곧 김신의 의도를 벗어나 흐르기 시작했으니.

"……!"

[이 공이 내야를…… 내야를 빠져나갑니다!]

부족한 스콧 헤어스턴의 번트 기술 탓에 조금 더 높이, 멀리 날아간 공은.

[2루수, 유격수 잡지 못합니다! 안타! 번트 안타가 나왔습니다!]

데릭 지터와 에두아르도 누네즈의 키를 넘기고, 중견수인 커티스 그랜더슨의 발이 닿지 않는 곳에 절묘하게 떨어졌다.

그다음 순간.

행운이 다시 한번 메츠의 손을 들어 줬다는 걸 깨달은 2루 주자 다니엘 머피는 즉시 3루로 내달리기 시작했고.

주자의 출발이 늦었다는 걸 알고 있던 커티스 그랜더슨은 1루가 아닌 3루를 향해 공을 뿌렸다.

이번 경기에서 가장 중요할지도 모르는 공과 인간의 접전.
그 결과는…….

[다니엘 머피 3루로 대시! 커티스 그랜더슨 3루로…… 세이프입니다!
오 마이 갓! 이렇게 되면 타자 주자도 살았습니다!]

뉴욕 메츠의 감독, 테리 콜린스의 웃음이었다.

[2사 3루를 노렸지만 결과는 1사 1, 3루! 뉴욕 메츠에게 천고의 기회
가 찾아왔습니다!]

1-0으로 앞선 숨 막히는 투수전 도중 스트라이크아웃 낫
아웃과 행운의 번트 안타로 1사 1, 3루.

희생플라이 하나로도 동점이 나올 수 있고, 2루타 이상의
타구를 얻어맞았다간 패전의 멍에를 쓸 수도 있는 위기.

투수로서는 포구에 실패한 포수나, 1루가 아닌 3루로 송구
한 중견수를 원망할 만한 상황이었지만.

'내 탓이 크다.'

김신은 대부분의 책임을 자신에게로 돌렸다.

'내가 잘했으면 돼.'

지난 생 세 번의 퍼펙트 기회를 날리는 동안 장착된, 스스
로 해결해야 한다는 마음가짐이 그를 자책하게 했다.

스트라이크아웃 낫아웃? 게리 산체스의 실수도 있지만 내

가 커브를 던지지 않았으면 일어나지 않았을 일이다.

커티스 그랜더슨의 3루 송구? 결과적으론 패착이 맞다.

하지만 3루에 주자가 가는 게 훨씬 위험한 것도 맞고, 타이밍도 애매했으니 이해할 수 있다.

내가 업숏을 던지지 않았으면 깔끔하게 끝났을 거다.

그러나 자책을 동력으로 삼는 것 또한 김신이 전생을 통해 체화한 습관.

절체절명의 위기에서, 반드시 해내야만 하는 빅게임에서.

평소와 같이…… 아니, 평소보다 더욱 뛰어난 투구를 펼칠 수 있게 만들어 주는 김신의 강력한 에고가 고개를 들었다.

'나는 김신이다.'

두 명의 타자, 2개의 아웃 카운트.

변한 건 아무것도 없지 않은가.

놓친 줄 알았던 1이닝 4삼진을 떠올리며, 김신이 손안의 공을 굴렸다.

그 앞에 선 것은 뉴욕 메츠의 7번 타자, 이케 데이비스.

[이케 데이비스 선수, 과연 이 기회를 살릴 수 있을지!]

[병살을 조심해야 합니다. 신중하게 승부해야 해요!]

김신의 손에서 공이 떠났다.

뻐엉-!

"스트라이크!"

[102마일! 어마어마한 공이 들어갔습니다! 원 스트라이크!]

바깥쪽 낮은 코스의 포심으로 시작된 승부.

이케 데이비스는 희생플라이라도 때리기 위해 고군분투했
지만, 발목 부상으로 작년 한 해를 거의 다 날려 버린 3년 차
타자가 좌타자 상대로 미쳐 날뛰는 김신의 포심, 슬라이더
조합을 이겨 내기엔 역부족이었다.

부우웅—!

"스윙 스트라이크! 아웃!"

[슬라이더! 삼진을 잡아내는 김신 선수!]

[큰 고비 하나를 넘겼네요.]

투아웃. 주자는 변화 없이 1루와 3루.

아직 자책감이 남아 있는 듯 쭈뼛거리는 게리 산체스로부
터 무심히 공을 돌려받은 김신이, 마지막이 될 8번 타자 제
이슨 베이를 기다릴 무렵.

장내 아나운서의 음성이 그라운드를 울렸다.

[뉴욕 메츠. 핀치 히터, 넘버 56 안드레스 토레스!]

'안드레스 토레스?'

그것이 의미하는 바는 뉴욕 메츠 벤치의 또 다른 작전.

해설 위원들보다 먼저 그 목적을 간파한 김신이 차갑게 미
소 지었다.

'이것 봐라?'

메츠의 주전 중견수, 안드레스 토레스.

주전이라곤 하지만 2할 초중반의 타율을 보유하고 있는

그를 대타로 기용할 만한 이유는 그가 스위치히터라는 것.

그리고 방금 전 스트라이크아웃 낫아웃이라는 특수한 사건이 벌어졌다는 것.

[여기서 메츠가 대타를 쓰는군요. 안드레스 토레스! 뉴욕 메츠의 주전 중견수입니다. 오늘 휴식을 부여받아 쉬고 있었지만, 테리 콜린스 감독의 부름에 그라운드로 나옵니다. 테리 콜린스 감독이 안드레스 토레스 선수를 택한 이유는 무엇일까요?]

[아무래도 안드레스 토레스 선수가 스위치히터이기 때문일 겁니다.]

[스위치히터이기 때문이라고요? 좀 더 설명해 주시죠.]

[스위치히터를 상대로 김신 선수는 먼저 투구할 손을 골라야 합니다. 그래서 지금까지는 보통 좌완 투구를 선택해 왔죠. 좌투가 김신 선수의 주 투구 폼인 것도 있지만, 좌타자에게 우완 언더핸드로 던지는 것보다 우타자에게 좌완 오버핸드로 던지는 게 훨씬 나으니까요.]

[그렇죠. 아무래도 우완 언더핸드는 좌타자 상대 피안타율이 상당히 높은 투구 폼이니까요. 그런데요?]

[지금은 상황이 조금 다릅니다. 방금 전 게리 산체스 선수가 포일을 기록하면서 김신 선수로서는 커브나 체인지업을 마음 놓고 던지기 힘들어졌죠. 직전 이케 데이비스 선수와의 승부에서도 포심과 슬라이더만 썼지 않습니까?]

[아⋯⋯.]

[좌투를 선택하자니 포심을 제외한 브레이킹 볼을 구사하기가 껄끄럽고, 우투를 선택하자니 그것도 마찬가지로 껄끄러울 겁니다.]

[듣고 보니 테리 콜린스 감독이 아주 영리한 선택을 했네요!]

자신뿐 아니라 게리 산체스까지 함께 압박하는 테리 콜린스 감독의 수에 김신이 대답했다.

왼손을 들어서.

[말씀드리는 순간 김신 선수, 왼손으로 투구하겠다는 신호를 보냅니다!]

[정면 승부군요.]

그러자 예상했던 대로 우타석으로 자리를 옮기는 안드레스 토레스.

"흐읍―!"

그에게 김신의 왼손에서 뿜어져 나온 불꽃이 짓쳐 들었다.

'빠른 공, 더 빠른 공, 더욱더 빠른 공. 뱉은 놈과는 별개로 참 마음에 드는 말이야.'

뻐엉―!

"스트라이크!"

2012년 6월 9일 오후 10시 35분.

첨예한 투수전에 걸맞는 2시간 18분이라는 짧은 시간 만에 양키스와 메츠의 서브웨이 시리즈 2차전이 끝을 맺었다.

양키스의 승리로.

김신, 1이닝 4삼진! 결정적일 때마다 빛나는 위기관리 능력!

김신과 R.A. 디키의 명품 투수전! 1-0 양키스 승리로 끝나

졌지만 잘 싸웠다, R.A. 디키 완투패. 잘 싸워서 잘 이겼다,

김신 완봉승!

약 주고 병 주고? 결승 홈런은 쳤지만 포일과 악송구 저지른

게리 산체스



미리 써 두고 기다렸다는 듯, 늦은 밤임에도 부리나케 올라온 기사들이 포털을 장악하고 있을 무렵.

김신은 게리 산체스에게 내일 보자는 무서운(?) 한마디를 남긴 채 양키 스타디움 안에 마련돼 있는 마사지실로 향했다.

그런데 빨리 마사지를 받고 숙소로 돌아가 캐서린과의 밀회를 가질 생각으로 가득했던 김신의 귓가로…….

목소리 하나가 파고들었다.

"킴, 잠시 얘기 좀 할 수 있을까?"

"……?"

패배한 키보드 워리어의 목소리가.



인종차별.

99%가 단일 민족인 한국과 달리 수많은 인종이 섞여 사는

서구권, 그중에서도 인종의 용광로라 불리는 미국에서 그것은 아주 심각한 사회문제를 야기하는 단어다.

1863년 1월 1일.

에이브러햄 링컨이라는 위대한 지도자가 노예 해방을 선언한 지 백오십 여 년.

이름만 들어도 알 만한 수많은 저명인사가 인종차별을 해결하고자 노력했고, 그것은 각계각층에서 꽤 유의미한 성과를 거뒀다.

일례로 백인과 같은 리그에서 뛸 수조차 없었던 흑인은, 재키 로빈슨을 시작으로 메이저리그의 또 다른 주역이 된 지 오래다.

이제 대부분의 흑인들은 '인종차별'의 '인' 자만 들어도 경기를 일으키며 주변 기물을 때려 부수거나 시위를 벌이거나 또는 주먹을 날린다.

그리고 그것이 잘못됐다고 그 누구도 이야기하지 않는다.

그래서일까?

'흑인'에 대한…… 아니, '어두운' 피부색을 가진 인종에 대한 차별은.

물론 아예 사라졌다고 하기엔 터무니없겠지만, 그나마 낫다.

'황인'에 비해서는.

—노란 원숭이 새끼가!

Yellow Monkey, 노란 원숭이.

그리고 손가락으로 눈을 가로로 길게 찢는 행위.

이러한 황인에 대한 인종차별은 백인들에 의해서뿐 아니라 심지어 흑인들에 의해서까지 빈번하게 일어난다.

서구권으로 여행을 간 동양인들이 차별인지도 모르고 차별을 겪었다는 건 흔하디흔한 일화일 정도로.

김신 또한 그랬다.

전생에도, 이번 생에도 그런 행위를 겪어 보았다.

그러나 전생에도, 이번 생에도 김신은 상처를 받기는커녕 자그마한 격동조차 느끼지 못했다.

'잘하니까.'

야구를, 범접할 수 없을 만큼 잘하니까.

인종차별?

그런 건 그에게 당해 눈물을 흘리는 패배자들의 칭찬이나 마찬가지니까.

—게임 ×나 더럽게 하네.

—그렇게 이겨서 좋냐?

—부모님 만수무강하시냐?

마치 온라인 게임과 같다.

더럽단 말은 영리하게 잘한다는 말이고, 그렇게 이겨서 좋으냐는 건 부럽다는 말이고, 부모님의 안부를 묻는 건 표출할 수 없는 분노를 표출하는 방법일 뿐이다.

그런데.

'이런 건 처음인데?'

당사자가 직접 찾아와 사과를 하는 일은, 김신으로서도 처음 겪는 일이었다.

"미안하다."

그래서였다.

마사지실 문 앞에서 기다리고 있던 이반 노바가 고개를 숙이고 자신의 과오를 털어놓는 순간, 김신이 당황할 수밖에 없었던 것은.

"내가, 큰 실수를 했어……. 어제 1차전이 끝나고 나서……."

하지만 당황은 잠시뿐.

이반 노바의 입에서 흘러나오는 사건의 경위와 진행 상황을 찬찬히 듣던 김신의 두뇌가 번뜩였다.

'이거…… 딱인데?'

이반 노바?

지금 당장은 필요한 조각이기는 하지만 끝까지 끌고 갈 이유도 미래의 반전도 없는, 평범 이상의 신경을 쏟을 이유가 없는 그저 그런 5선발.

아무리 팀 동료라지만 질투와 시기에서 비롯된 이반 노바의 인종차별 발언…… 아니, 댓글이 김신의 멘털에 영향을 줄 수 있을 리 만무했다.

팀에 악영향이 가지 않는다면 문제없고, 그의 사과를 받아 주는 건 일도 아니다.

'영상을 찍어야 한다는 게 좀 귀찮긴 하지만 그 정도야, 뭐.'

중요한 건 그다음.

경기가 끝나면 반드시 처리하고자 결심했던 게리 산체스의 포구 훈련 문제.

그걸 해결하기 위한 아주 좋은 재료가 아닌가.

이반 노바의 무기 중 하나는 바로 커브였으니까.

"그래서……."

생각의 정리를 끝내자마자 김신은 이어지는 이반 노바의 주절거림을 끊어 냈다.

"잠깐. 잘 들었습니다. 사과는 받아들이죠. 그…… 제보자……가 요구했다는 증거 영상도 당연히 찍겠습니다."

"……정말 고맙……."

"단, 조건이 있습니다."

"조건?"

"이번……."

하지만 이반 노바에게 게리 산체스와의 포구 훈련에 참여하라는 조건을 말하려던 순간, 김신의 뒤통수가 세게 울렸다.

'잠깐만……. 이걸 굳이 셋만 할 필요가 있나?'

말문을 잃은 김신의 눈앞에 이반 노바가 갑자기 찾아와 사과하기 전까지 훈련 참여를 권유하려던 두 투수, 코리 클루버와 필 휴즈의 얼굴이 스쳐 지나갔다.

'다 같이 하면 되잖아?'

필 휴즈, 이반 노바, 코리 클루버.

세 투수를 한 번에 참여시켜도 되는 일이 아닌가.

'이반 노바야 사과를 받는 조건이니까 듣겠고, 휴즈 선배는 나한테 빚이 있으니까 웬만하면 콜일 거고, 클루버는…….'

그러나 김신이 갑작스레 떠오른 영감을 부여잡고 상념 속으로 빠지려던 찰나.

"킴?"

김신이 갑자기 말을 멈추자 의아함과 불안함을 참지 못하고 토해져 나온 이반 노바의 목소리가 침잠하려던 김신을 일깨웠다.

'아차, 사람을 이대로 세워 놓을 순 없지. 일단 지른다.'

그리고 이반 노바의 얼굴 위로 김신의 조건이 떨어졌다.

"아, 죄송합니다. 갑자기 다른 생각이 좀 떠올라서. 조건 말씀드리겠습니다. 이번 시즌, 아니, 확장 로스터가 시작되기 전까지 제가 주최하는 '모임'에 좀 참여해 주십시오."

"모임? 혹시라도……."

"아, 걱정하실 만한 그런 모임은 아닙니다. 오히려 미스터 노바에게도 도움이 될 겁니다."

"……?"

"설명은 차차 드리도록 하죠. 그럼 저는 이만 마사지 좀 받겠습니다."

김신은 더 이상의 대화는 없다는 듯 여전히 모르겠다는 표정을 하고 있는 이반 노바에게서 몸을 돌렸다.

'흠, 헤빈한테 세이버 매트리션 하나 보내 달라고 할까? 아니, 구단에 요청하는 게 나으려나?'

몇 가지를 한 큐에 도모할 생각에 희희낙락 미소를 띤 채.

다음 날.

양키스와 메츠의 서브웨이 시리즈 3차전이 몇 시간 채 남지 않은 오후 무렵.

조용히 기사 하나가 올라왔다.

**이반 노바, 브롱스 소재 A고아원에서 깜짝 봉사**

평소 같았으면 양키스 홍보팀이 나서서 화제를 모았을 그 기사는, 그저 조심스레 제 존재를 알리고는 다른 기사들에

묻혀 사라졌다.

"하핫, 역시 이렇게 푸는구먼. 그래야지. 원원이 이런 거 아니겠어?"

그 기사와 더불어 날아온 메일을 확인한 승리자는 웃고.

"이걸로 끝나서 다행이군."

사건을 조용히 덮어 버린 관리자는 안도의 한숨을 내쉬는 사이.

전날 선발투수로서 구단의 배려를 받아 느지막이 구장에 모습을 드러낸 김신.

그는 간단한 회복 훈련을 마치자마자 정신없이 돌아다니고 있었다.

"게리, 오늘 밤에 시간 있지?"

"시간? 무슨 시간? 설마 포구 훈련 때문이야?"

"어. 어제 그렇게 알을 까 놓고 그냥 어물쩍 넘어갈 생각은 아니겠지?"

"야, 그래도 내 홈런 덕분에 이긴 거잖아. 그 정도면 할 일 했지."

"그게 네 실력으로 친 거냐? 그따위로 스윙하는 미친놈이 어디 있어? 그리고 그건 그거고, 이건 이거지."

"네가 풀스윙하라고 해서 한 거잖아!"

"어휴, 타자란 놈이 투수 말 믿고 냅다 휘둘렀다고 하면 사람들이 참 잘했다고 하겠다!"

"……"

"됐고. 시간 있어, 없어."

"시간이야 있는데 한동안 쉬자며. 체력 관리한다고 안 했어?"

"형한테 다 방법이 있다, 인마."

"형은 무슨!"

도둑이 제 발 저리듯 낑낑대고 있던 게리 산체스를 좀 어루만져 주고.

"아, 휴즈 선배. 잠깐 얘기할 수 있어요?"

"얘기? 무슨 얘기? 해."

"다름 아니라……."

다음 경기의 선발투수로서 컨디션 조절을 하고 있던 필 휴즈를 끌어들였다.

"클루버, 잠깐 대화 가능해요?"

"……?"

여전한 무표정으로 훈련을 하고 있던 클루버를 꼬셨으며.

마지막으로.

-빌리, 이번에 킴이 구단에 추가 훈련을 도와줄 세션을 구해 달라고 요청했네. 자네가 가겠나?

"……명령이십니까?"

-흠, 명령이라기보다는 부탁으로 받아들여 줬으면 좋겠군.

"……"

-싫은가?

"……수당은 챙겨 주십시오."

-물론이지.

안 그래도 홈경기를 직관하느라 일복이 터진 회사원에게 야근을 강요했다.

그날 밤.

[볼 게임 이즈 오버! 뉴욕 양키스가 앤디 페티트의 호투와 조시 도널 드슨의 맹타를 앞세워 5-2 승리를 거둡니다! 서브웨이 시리즈를 스윕으 로 가져가는 뉴욕 양키스!]

[메츠로서는 정말 아쉬운 결과가 아닐 수 없습니다. 이번 시리즈에서 스윕당하면서 지구 우승에 적신호가 켜졌거든요? 다음 템파베이 원정에 서 반드시 승리를 수확해야만 합니다.]

[그렇습니다. 반면 양키스는 지구 1위를 더욱더 공고히 했습니다. 벌 써부터 10게임 정도 차이가 나는데요. 이번 시즌에도 양키스 팬들은 가 을야구를 볼 수 있을 것 같습니다.]

시리즈 스윕의 열기가 채 식지 않은 양키스 팬들이 밤거리 를 메울 무렵.

한 여자와 일곱 남자가 모종의 장소에 모였다.

보라스 코퍼레이션이 보유한 최첨단 실내 훈련 시설.

가장 먼저 모습을 보인 건 게리 산체스였다.

"아직 안 왔나?"

두리번거리며 김신을 찾던 게리 산체스는 훈련 시설이 텅 비어 있다는 것을 확인하고는 습관 같은 푸념을 내뱉으며 장비를 착용하기 시작했다.

"같이 가자니까 왜 따로 간다는 거야? 그리고, 먼저 갔으면서 늦긴 또 왜 늦어?"

아직 약속 시간은 되지 않았지만, 먼저 떠난 김신이 도착하지 않았음에 게리 산체스가 가볍게 뒷담화를 하던 찰나.

터벅─ 터벅─!

뒤에서 들려오는 발소리에 그의 고개가 홱 하고 돌아갔다.

하지만 그곳에 나타난 인물은 김신이 아니었으니.

"엑? 휴즈 씨?"

"오, 산체스, 네가 공 받아 주는 거냐?"

"어…… 네, 아마도요?"

깜짝 놀라는 산체스와는 반대로 대수롭지 않게 고개를 주억거려 오는 필 휴즈.

그 끄덕임을 본 산체스는 김신이 말한 방법이란 게 이것이구나, 하고 생각했다.

'휴즈 씨가 참여하기로 한 건가? 하긴, 휴즈 씨도 커브를 던지시니까…… 번갈아 가면서 던지면 확실히 체력 관리가 되긴 하겠네. 같은 선발투수고…….'

그러나 뒤이어 떠오른 아주 중요한 사실에 산체스의 눈이 동그래졌다.

"아니, 휴즈 씨! 내일 선발이잖아요! 여기 왜 와요?"

그랬다.

필 휴즈는 내일 애틀랜타 브레이브스와의 1차전 선발이 예정된 상태.

가장 세심히 컨디션을 조절해야 할 선발투수가 등판 전날에 늦게까지 공을 던진다는 건 말도 안 되는 난센스였다.

물론 김신은 그러고도 다음 날 7이닝 1실점을 해냈지만…….

'그건 양손을 쓸 수 있으니까 그런 거고.'

그 김신조차 오른팔로도 던질 수 있는 게 아니었다면 속절없이 무너졌을 거다.

하지만 산체스의 놀람에 필 휴즈는 가벼이 답했다.

"아, 얘기만 잠깐 듣고 쉬러 갈 거야. 그 정도는 괜찮으니까."

"아하."

필 휴즈의 답변에 그럼 그렇지, 하며 고개를 끄덕인 산체스.

'오늘은 앞으로 어떻게 할지 얘기만 하고 훈련은 다음인가 보네.'

오늘 훈련이 없을 것을 확신한 그는 뒤돌아서며 포수 장비를 해체하려 했지만.

"그럼 장비는 오늘 필요 없겠네요. 김신 이 자식은 자세히 설명도 안 해 주고 사람 힘들게……."

쿵—!

갑작스레 울린 둔중한 소리에 동작을 멈춰야 했다.

게리 산체스는 당연히 김신인 줄 알고 목소리를 높였으나.

"야……?"

그의 말꼬리는 가벼운 솜사탕처럼 흩어지고 말았다.

"반갑습니다."

그곳에 등장한 것은, 정장을 입고 있는 회사원 두 명.

게리 산체스로서는 듣도 보도 못한 인물들이었으니까.

게리 산체스와 필 휴즈를 확인한 두 양복쟁이가 거침없이 다가왔다.

심지어 꽤 무거워 보이는 은색 상자를 손에 든 채.

쿵—!

은색 상자와 바닥이 만나며 방금 전 울렸던 둔중한 소리가 다시 흘러나오고.

두 회사원의 손에서 명함이 튀어나왔다.

"양키스 전력분석팀 빌리 리입니다. 이쪽은 같은 팀의 데이비드 콘돌 씨입니다."

얼떨결에 빌리 리와 데이비드 콘돌이 내미는 명함을 받아

든 게리 산체스.

그의 얼굴에 물음표가 떠올랐다.

'이게 뭐 어떻게 돌아가는 거야? 프런트 직원?'

그리고 그 물음표는, 새로운 면면이 등장할수록.

"여긴가?"

"응? 노바 씨?"

"맞군."

점점 진해지다가…….

"허, 클루버 씨까지?"

"안녕하십니까."

이윽고 느낌표가 되었다.

"다들 일찍 오셨네요! 반갑습니다! 이쪽은……."

"안녕하세요! 캐서린 아르민입니다! 앞으로 여러분의 건강을 책임질 임시 팀 닥터예요!"

"……이자 제 여자 친굽니다."

이반 노바가 쏘아 올린 작은 공이 예상치 못한 결과를 낳았다.

현대인이라면 모두 한두 번쯤은 회귀를 꿈꾼다.

현재의 역량과 정보를 모두 가지고 과거로 돌아간다면 수

많은 것을 바꿀 수 있고.

그것은 곧 개인의 욕망 대부분이 충족될 수 있음을 뜻하니까.

하지만 과연 그 사람들이 모두 회귀를 한다고 해서 드라마틱한 결과를 만들 수 있을까?

당연히 정보만 알고 있으면 딱히 역량이 필요가 없는 부류, 예를 들면 코인이나 주식 투자라면 가능할 것이다.

하지만 직접 몸으로 행해야 하는 것이라면?

예를 들면 공부나…… 조금 더 직접적으로 얘기하면 스포츠라면 어떨까?

아무리 과거로 돌아간다 하여도, 쉽사리 잘해 낼 수 있으리라 판단하기 어렵다.

심지어 백번 양보해서 회귀도 했고, 원하는 능력도 손에 넣었다고 치자.

설령 그렇다 하더라도 새로운 세상에서 다시 한번 살아감에 있어 맞닥뜨리게 되는 회귀자만의 고충은 또 다른 문제다.

달콤한 과실을 얻기 위해 견뎌야 할 인고의 세월.

아무도 알지 못하는 비밀을 품고 있다는 외로움.

자신의 행동에 따라 생성돼 가는 변수들에 대한 대처.

회귀하고도 미래를 바꾸지 못할까 하는 불안감.

달라진 자신의 위치와 처지, 나이에 대한 괴리.

나열하자면 훨씬 많겠지만, 대표적으로 이런 것들이다.

회귀하여 얻을 과실에만 집중하는 대부분의 상상 속에서는 고려조차 되지 못하고 끝나는 요소들.

기껏해야 상상일 뿐인데 그런 걸 깊이 생각하는 사람은 거의 없겠지만, 실제 회귀자인 김신에게는 현실이었다.

물론 김신은 평범한 사람이 아니고, 대부분의 고충은 야구를 향한 강철 같은 의지에 조그마한 흔적만 남긴 채 스러졌다.

그러나 스러졌으되, 완전히 사멸하지 않고 남은 흔적은 주기적으로 김신을 괴롭혀 왔으니.

'루키라는 게 참 답답해.'

그중 하나가 바로 3회의 사이 영 위너이자 마흔이 넘은 인생 선배, 그리고 믿음직한 베테랑에서 루키로 떨어졌다는 것이다.

'나 때는 말이야~'로 시작하는 '꼰대질'을 하고 싶다거나.

루키로서 보여야 할 행동거지, 또는 베테랑들의 조언과 같은 대우가 불만이라는 것은 아니다.

그런 건 한두 시즌만 지나면, 아니, 벌써부터 거의 찾아볼 수 없게 되었다.

김신이 진정으로 답답하고 불편한 것은.

'꼭 판을 깔아야 한단 말이지.'

필 휴즈의 슬라이더가 쓸 만하다는 것을 미리 알았음에도 그렉 매덕스를 통해 돌려 돌려 이야기해야 한다는 것.

브렛 가드너나 마리아노 리베라의 부상을 미리 알고 있었음에도 그것을 막기 위해 먼 길을 돌아갈 계획을 세워야 했다는 것.

그런 것들이었다.

아무리 한국에 비해 수평적인 문화가 발달한, 선수들 간의 의견 개진이 자유로운 미국이라 해도.

아무리 김신이 데뷔전 퍼펙트게임부터 이어진 압도적인 시즌을 치르고 있다고 해도.

이제 채 1년도 되지 않은 만 19세의 새파란 루키가 고참들에게 조언을 하는 건 받아들여지기 힘든 일이었으니까.

'뭐, 그것도 이제 대충 끝이 보이네.'

그러나 이제부턴 달랐다.

한순간의 실수에 대한 사과를 받아 주는 조건으로 참여시킨 이반 노바.

그렉 매덕스와 연결해 준 빚을 지고 있는 필 휴즈.

첫 규정 이닝 소화 시즌에 사이 영을 수상할 정도의 포텐을 가졌지만 아직은 루키인 코리 클루버.

2012시즌 가장 강력한 사이 영 컨탠더 김신.

양키스의 여섯 선발 중 네 명을 한자리에 모아 만든 이 훈련 모임이 김신이 마음껏 발언할 수 있는 연단이 되어 줄 터.

'사바시아나 페티트는 알아서 할 테니, 이걸로 선발은 다

모았다고 봐야지.'

뻐엉-!

코리 클루버의 커브와 게리 산체스의 미트가 만나 만들어
내는 하모니를 들으며, 김신이 미소 지었다.

"지난 등판 때도 느꼈지만, 참 일품이야."

"미스터 노바도 그렇게 생각하죠? 미스터 리, 확인 부탁드
려요."

네 명의 선발투수에 더해 게리 산체스, 빌리 리, 데이비드
콘돌. 그리고 캐서린까지.

구성만 보면 백설공주와 일곱 난쟁이가 생각나는 이 모임
을 기획하면서, 김신이 얻은 이득은 당연히 발언권 획득이
전부가 아니었다.

젊은 선발투수 간에 친목이나 편안한 의견 교환을 통한 동
반 성장, 최초 목표였던 게리 산체스의 포구 훈련 재개는 말
할 것도 없고.

"마이너에서부터 훌륭한 커브라고 이름 높았죠. 잠시만
기다려 주십시오."

미래의 단장과 얼굴을 트는 동시에 그가 직접 분석해 주는
자료를 획득하는 것.

"보시죠. 이렇게 평면적으로 보면 별 차이 없어 보이지만,
이렇게 보면……."

또한 절대 빠질 수 없는 한 가지가 바로.

모니터에 그려진 삼차원 그래프 속, 아름다운 궤적을 그리는 이 공.

코리 클루버의 성명절기(聲名絕技).

그에게 두 번째 사이 영을 가져다줬던 마구.

슬러브(Slurve).

뻐엉―!

"이 정도 무브먼트면 반쯤은 슬라이더라고 봐도 과언이 아니죠. 아름다운 공입니다."

당연하다면서 고개를 끄덕이는 빌리 리를 따라 데이비드 콘돌이 한 사람의 이름을 토해 냈다.

"예전에 다저스에서 뛰었던 '팍'이 비슷한 공을 던졌죠."

또 다른 슬러브의 주인이자, 대한민국의 전설인 사내의 이름을.

"팍! 우리 팀에 있던 팍 말하는 건가요?"

"맞습니다. 천후 팍. 그리고 보니 김신 선수와는 동향 아닌가요?"

"네, 고국에서는 전설이죠."

이반 노바와 데이비드 콘돌의 대화에 방점을 찍어 주며, 김신은 되뇌었다.

'과연 훌륭하고, 아름답기만 한 정도일까?'

김신의 미소가 더욱더 짙어졌다.

슬러브(Slurve).

이름에서도 알 수 있듯이 슬라이더의 횡 무브먼트와 커브의 종 무브먼트를 함께 보이는 특이한 구종을 말한다.

원리는 간단하다.

투구 시 회전축이 대각선으로 기울어지는 스리쿼터 투수.

그중에서도 더욱 많이 휘어 있는 로우 스리쿼터 투수가 커브를 구사할 때.

그 커브가 자연스럽게 커브 특유의 종 무브먼트와 함께 슬라이더의 횡 무브먼트를 보이는 것이다.

원리가 간단하고, 자연스러운 현상인 데다 스리쿼터 자체가 가장 많은 투수가 선택하는 스탠다드한 투구 폼인 만큼 슬러브는 흔한 공이라면 흔한 공이다.

하지만 코리 클루버의 슬러브는 다르다.

평범한 투수의 슬러브는 이름만 슬러브일 뿐 횡 무브먼트가 미약하다.

그냥 딱 봐도 커브라고 느껴질 정도.

그러나 코리 클루버의 슬러브는 평가 주체에 따라서 슬라이더로 평가되는 경우가 있을 정도로 뛰어난 횡 무브먼트를 보인다.

딱 봐도 다른 게 눈에 확 보이는데, 메이저리그 관계자들이 그 공의 가치를 모를 리 만무한 일.

현재로서도 코리 클루버의 슬러브는 플러스급 피치로 인정받고 있으며.

세이버 매트릭스 전문가인 빌리 리와 데이비드 콘돌이 훌륭하고 아름답다고 평할 정도이다.

그러나 김신이 알고 있는 코리 클루버의 슬러브는 고작 그 정도가 아니었다.

'플러스급이라…… 약하지.'

21세기에 들어서면서 투구 정보 추적 시스템(Pitch f/x)이 도입된 이후 가장 높은 구종 가치를 기록한 커브.

심지어 전체 구종을 모두 포함해서 집계한다 해도 5위 밖으로는 절대 벗어나지 않는 타자들의 절망.

그것이 바로 코리 클루버의 슬러브다.

쉽게 말하면 관측 이래 가장 강력한 커브임과 동시에 그 어떤 구종에 견주어도 뒤지지 않는 마구 중의 마구라는 소리다.

그런데 20-80 스케일에서 플러스급이란 겨우 60점.

평균 이상의 우수한 재능을 칭한다.

물론 그 정도로도 2~3선발은 꿰찰 수 있는 훌륭하고 아름다운 공이지만, 코리 클루버의 슬러브에 대면 한참 부족한 수준.

'아무리 짜게 봐도 플러스-플러스급. 후하게 보면 시대를

대표할 공이야.'

즉, 10년 이상 메이저리그 정점에 군림할 시대의 마구가 심각하게 저평가당하고 있다는 뜻이다.

사기만 해도 몇 배 이상의 수익을 가져다 줄 저평가 우량주가 눈앞에 있고, 그 정보는 나만 알고 있다.

심지어 투자할 시드 머니도 충분하다.

그렇다면, 투자자는 뭘 해야 할까?

'돈을 걸어야지.'

그게 당연한 이치 아니겠는가.

그리고 또한.

'세상에 보여야지. 정확한 평가를 받도록.'

이미 가지고 있는 보도를 코리 클루버가 제대로 휘두르지 못하는 이유는 세 가지.

첫째는 그 자신조차 자신의 손에 들린 보도의 예리함이 어느 정도인지 모르기 때문이고.

둘째는 패스트볼 구사 비율이 60% 아래로 떨어지면 안 된다는 구식 야구의 편견에 선동된 탓이며.

셋째는 변화구를 많이 던지면 부상 위험이 높아진다는 잘못된 낭설에서 기인한다.

그 모두를 깔끔히 해결할, 미래 급격한 성장을 보일 특급 우량주에 작전을 건 투자자가 자리에서 일어났다.

"이제 제 차례군요. 다녀오겠습니다."

그러고는 열의 가득한 눈으로 날카롭게 선수들을 살피던 팀 닥터에게 윙크를 날리는 모습에, 그 자리에 있던 이반 노바가 부러움 가득한 한탄을 토했다.

"부럽구먼. 좋을 때야."

그러나 봄에 걸맞던 그 분위기는 순식간에 뒤바뀌었으니.

일타사피, 오피도 부족해 사심까지 절대 놓치지 않는 욕심쟁이가 웃으며 떠난 자리.

매일같이 양키 스타디움에서 으르렁대던 두 견원지간의 설전이 시작됐다.

"김신 선수의 사인 볼을 무더기로 나눠 줄 때부터 눈치챘어야 했는데, 제가 그런 쪽에 많이 약해서……. 죄송합니다, 몰라 뵀습니다."

"그러는 그쪽은, 전력분석팀원이라고요? 하, 그런데 어떻게 그리 소속 팀을 폄하해요?"

"정확한 판단을 위해선 감정을 빼야 하는 법입니다."

"감정을 뺀다고요? 악감정을 싣는 게 아니고요?"

"덮어 놓고 호의적인 것보다는 비판적인 시야를 견지하는 게 도움이 되지요."

"그래요. 잘났어요. 거기 당신도 그렇게 생각하나요? 양키스 프런트는 다 그런 식인가요?"

"어…… 그게…….."

신입사원 데이비드 콘돌의 식은땀과 함께, 밤이 깊어 갔다.

따악-!

김신이 만든 훈련 모임은 애초부터 긴 기간을 생각한 장기 프로젝트이기도 했거니와.

아무리 김신이라 해도 하루 이틀 새에 세 투수와 한 포수에게 극적인 변화를 선사하는 건 불가능한 일이었다.

그러나 꼭 그런 드라마틱한 성장이 없어도.

2012년의 양키스는 이미 충분히 강했다.

[데릭 지터-! 캡틴으로서 팀을 대표해 홈팬들에게 작별 인사를 합니다! 끝내기 2타점 적시타! 볼 게임 이즈 오버! 뉴욕 양키스가 오늘도! 오늘도 승리를 수확합니다!]

[무서운 기세입니다, 양키스!]

[그렇습니다. 서브웨이 시리즈에 이어 애틀랜타와의 3연전에서도 스윕을 해내는 뉴욕 양키스! 앞으로 9경기의 긴 원정이 기다리고 있는데요, 떠나는 발걸음이 참 가볍겠습니다.]

쾌조의 6연승을 거둔 양키스와 김신.

그들의 발걸음은 이제, 미국의 수도로 향했다.


양키스 VS 내셔널스 1차전. 김신 출격!


'드래프트 제도가 시작된 이래 가장 완벽한 재능'이라고 불린 투수와.

프로 입단도 전에 미국 최고의 스포츠 잡지 표지를 장식하며 '야구계의 르브론 제임스'라 칭송받은 타자가 기다리는 곳.

김신, 게리 산체스 VS 스티븐 스트라스버그, 브라이스 하퍼. 초특급 신예들의 대결!

워싱턴으로.

○

프로 스포츠를 살아 숨 쉬게 만드는 것은 오롯이 팬뿐이고.

그 팬이 스포츠 경기를 관람하며 최고의 재미를 느끼기 위해서 필요한 것은 말할 것도 없이 경쟁이다.

그런데 보이지 않는 손 운운하며 시장을 있는 그대로 둔다면 그 경쟁이 치열해질 수 있을까?

절대 그렇지 않다.

공산주의가 폐단을 드러내며 몰락하고, 자본주의가 세계를 장악한 현대.

돈이 가치 판단의 디폴트가 된 사회에서, 선수건 우승이건

돈으로 사지 못할 이유가 무엇이 있겠는가.

비대한 자본은, 자신들의 이득을 위해서라면 얼마든지 우승을 살 수 있다.

리그를 지배할 수 있다.

그렇기 때문에 사람들은 프로 스포츠에 몇 가지 제도를 만들었다.

그중 대표적인 게 현재 양키스가 골머리를 앓고 있는 사치세, 샐러리 캡(Salary Cap)이다.

팀 연봉의 상한선을 일정 수준 이하로 제한한다면, 별들의 군단을 만들 수는 없을 테니까.

그리고 또 하나가 바로.

드래프트(Draft).

프로 리그에 발을 디디려는 신인 선수들을 한데 모아 프로 구단들이 순서대로 뽑아 가는 제도.

직전 년도 성적의 역순으로 정해진 순번에 따라 상위 팀은 조금 덜 뛰어난 잠재력을 가진 선수를, 하위 팀은 최고의 잠재력을 지닌 선수를 지명할 수 있다.

상위 팀의 선수 독점을 막고, 하위 팀에겐 전력 보강 기회를 제공하여 팀 간 전력의 평준화를 꾀하는 제도인 것이다.

그러나 인간이 만든 대부분의 제도가 그렇듯이 드래프트에도 허점은 있다.

현재를 포기해서라도 미래를 거머쥐려는 인간의 특성이

발현된 그 폐단의 이름은…….

탱킹(Tanking).

일부러 저조한 성적을 거둬서 드래프트 상위 픽을 차지한 다음, 유망주를 끌어 모아 반등을 노리는 행위.

거기에 한술 더 떠 나이가 많고 연봉이 높으며 성장 가능성이 희박한 노장들을 팔아치우고 유망주를 모음으로써 팀을 쇄신하고자 하는 것을 일컬어.

리빌딩(Rebuilding) 혹은 리툴링(Retooling)이라고 한다.

응원하는 팀이 우승에 생각이 없다는 것만 해도 속 터지는 일인데, 몇 안 되는 괜찮은 선수마저 팔려 나간다?

팬 입장에서는 결코 웃을 수 없는 법.

그나마 빠르게 끝나기라도 하면 다행이지만, 선수 한 사람이 끼칠 수 있는 영향력의 크기가 제한적인 야구에서 한두 해 만에 리빌딩이나 리툴링이 끝난다는 건 불가능에 더 가까운 일이다.

즉, 여러 해 동안 꼴찌에 처박혀 있는 팀을 봐야 한다는 소리인데…….

그런 상황에서도 계속해서 열띤 지지를 표할 사람들은 대한민국 남쪽의 어느 도시에밖에 없다.

그런데도 아랑곳 않고 많은 팀이 탱킹을 선언하는 이유는.

[웰컴 투 더 베이스볼! 여기는 뉴욕 양키스와 워싱턴 내셔널스의 인터리그 3연전, 그중 1차전이 펼쳐지는 내셔널스 파크입니다!]

2012년의 워싱턴 내셔널스와 같은 사례가 심심치 않게 등장하기 때문일 것이다.

[오늘 경기도 참 흥미진진합니다. 맙소사! 그 스티븐 스트라스버그와 김신의 맞대결이라니요!]

[요 근래 가장 뜨거운 신인 투수들이죠. 둘 모두 양대 리그 사이 영 후보자 명단에 자기 이름을 당당히 박아 넣었습니다.]

워싱턴 내셔널스가 공공연히 꼴찌라서 다행이라는 발언을 하면서까지 데려온 드래프트 역사상 최대어.

'내셔널 트레져' 스티븐 스트라스버그가 마운드에 올랐다.

[스티븐 스트라스버그 선수. 토미 존 서저리를 받고 나서 첫 시즌입니다만, 팬들의 우려를 시원하게 일소하는 투구를 펼치고 있습니다.]

[그렇습니다. 내셔널리그 4월의 투수 상을 수상할 만큼 강력한 모습을 보이고 있죠. 현재 7승 1패, 2.41의 평균자책점을 보유하고 있습니다.]

연습 투구를 펼치는 오늘 자신의 대적자를 바라보며, 김신이 뇌까렸다.

'스티븐 스트라스버그…… 훌륭한 선수지.'

그것은 스티븐 스트라스버그가 지금 사람들의 기대처럼 페드로 마르티네즈, 랜디 존슨, 그렉 매덕스와 같은 전설적인 성적을 남겼기 때문이 아니었다.

오히려 그의 성적은 통산 사이 영 0회, 통산 방어율 타이틀 0회.

김신은 물론이거니와 미래 팬들의 입에 오르내릴 웬만한

선수들과 비교하기에도 턱없이 부족했으니까.

'아주 훌륭해.'

김신이 주목하는 것은 다른 면이었다.

프로 데뷔 전부터 쏟아진 전미의 관심을 이겨 내고.

유리 몸이라 불릴 정도로 그를 괴롭힌 끊임없는 부상들과 그로 인한 성적 저조까지도 발밑에 무릎 꿇려서.

2019년, 결국 팀을 메이저리그 정상에 올려놓고 월드시리즈 MVP를 수상한 에이스.

그게 바로 스티븐 스트라스버그였다.

'내가 존중할 만큼.'

그런 선수에게 김신이 바치는 존중이란.

오직 전력투구뿐.

씨익-!

코끝에 진하게 맴도는 빅게임의 향기에 김신이 자신도 모르게 웃음 지었다.

"또냐?"

오늘 경기의 파트너를 지켜보던 게리 산체스의 몸에 닭살이 돋을 그런 웃음을.

-대단하다, 대단하다 하는데 김신에 비하면 그저 그런 찌랭이

아님? 해설자 쉑들 왜 이렇게 물고 빠냐.

　─미친;; 스트라스버그가 이런 말을 다 듣네 ㅋㅋㅋㅋㅋㅋㅋㅋ

　─근데 어찌 보면 맞는 말이라는 게 또 코미디임 ㅋㅋㅋㅋㅋㅋ

　─?? 맞는 말인데 왜 웃냐? 김신이 더 쩌는 거 맞잖아.

　─그래, 인정. 김신이 더 쩌는 거 맞다 ㅋㅋㅋㅋㅋㅋ

　─?????


김신과 비교하자니 한참은 못해 보이는 스트라스버그의
처지에 웃던 것도 잠시.

그의 피칭이 시작되는 순간, 팬들은 손가락을 멈췄다.

뻐엉─!

[이겁니다! 스트라스버그 선수의 강력한 포심! 데릭 지터조차 지켜만
보는군요!]

[투심인지 포심인지 헷갈릴 만큼 무브먼트가 뛰어나죠. 아무리 데릭
지터라 해도 쉽사리 칠 수 없을 거예요.]

투심성을 짙게 띠는 특유의 포심 패스트볼.

따악─!

[빗맞았습니다! 2루수 대니 에스피노사 가볍게 잡아서 1루로! 아웃!
변화구를 건드렸다 맥없이 물러나는 브렛 가드너 선수!]

[오늘 스트라스버그 선수의 볼 끝이 아주 좋습니다. 커브인지 슬라이
더인지 알아볼 수가 없네요!]

전성기 코리 클루버에 비할 순 없지만 두드러지는 횡 무브

먼트를 가진 슬러브성 파워 커브.

부우웅—!

[스윙 앤 어 미스! 풀카운트 승부 끝에 추신서 선수를 삼진으로 잡아내는 스트라스버그 선수! 결정구는 체인지업이었습니다!]

[완전히 속았어요, 추신서 선수!]

평균 88마일의 빠른 구속과 큰 낙차를 가진 결정구, 체인지업.

삼진 2개와 땅볼 하나를 엮어 삼자범퇴로 양키스의 선두 타선을 제압하는 그 모습은 누가 봐도 압도적인 에이스의 모습이었으니까.

1회 초가 종료된 뒤, 그제야 숨을 쉬게 된 팬들의 손가락이 부지런히 움직였다.


―역시 스트라스버그. 이름값은 한다.

―뭐야 이거? 김신 등판 때만 방망이가 힘을 못 쓰는 거 같은 건 나만 그러냐? 짜증 나게 진짜. 칠 만한 거 같은데.

―ㅋㅋㅋㅋㅋㅋ 칠 만해? 그럼 저기 가서 배트 잡고 있지, 왜 여기서 키보드 잡고 계실까?

―상대도 에이스를 내는데 득점 지원이 적은 건 당연하지. 당장 지난 경기도 R.A. 디키랑 맞대결이었잖음.

―ㅇㅇ 디키뿐 아니라 킹 펠릭스랑도 투수전 했고 다르빗슈도 있고 제러드 위버랑도 한판 했네.

-ㄷㄷ 그러고 보니 1선발급이랑 많이도 붙었네……

-다른 팀도 갓김을 알아보는 거지.

-다르빗슈 1선발임? 2선발 아니냐?

-그래도 쟤 말이 아예 틀린 건 아님. 김신도 짜증 나겠지, 매번 빡센 경기인데 득점 지원도 적으면.

-그건 ㅇㅈ. 짜증 날 만함.

팬들의 반응과 달리 김신의 속마음은 기꺼움으로 가득했다.

'확실히…… 시대가 다르고, 사람이 다르다.'

선발투수의 시대가 저물고 찾아온 오프너의 시대.

선발투수가 아닌 그저 팀의 첫 번째 투수로서 6이닝, 아니, 5이닝만 책임져도 충분하다는 의식이 팽배한 2030년대.

그곳에서 돌아온 마지막 낭만파 에이스가 투수전을 대하며 느끼는 감정은, 선발투수가 7이닝 8이닝을 책임지는 게 놀랍지 않은 사람들과는 판이할 수밖에 없었던 것이다.

'존중을 표할 만한 투수가 이렇게 많다니.'

그 소회(所懷)를 넘치도록 담은 공이, 김신의 왼팔에서 뻗어 나왔다.

뻐엉-!

"스트라이크!"

2011년 확장 로스터로 메이저에 데뷔해 이제 첫 풀타임을 치르는 백업 자원으로선 지켜볼 수밖에 없는 공이.

[스티브 롬바도치 주니어, 꼼짝하지 못합니다. 손쉽게 초구 스트라이크를 잡는 김신 선수!]

그러나 스티브 롬바도치 '주니어'는 여타 신인들보다 더한 향상심으로 무장한 남자였다.

'직접 보니 역시 차원이 다르긴 하네. 그래도…… 할 수 있다.'

1987년 미네소타 트윈스의 월드시리즈 우승 멤버였다는 점을 제외하면 별다른 족적을 남기지 못하고 은퇴한 아버지, 스티브 롬바도치.

아들만큼은 빛나는 별이 되길 염원했던 부친의 소망을 이루기 위해, 같은 이름을 가진 세상에 단 하나뿐인 후계자가 배트를 치켜세웠다.

'초구는 바깥쪽 포심. 이 경우 킴의 다음 선택지는…… 바깥쪽 슬라이더, 바깥쪽 포심, 그리고 몸 쪽 포심. 하지만 내가 붙으면…….'

김신의 평소 피칭 스타일을 바탕으로 수 싸움을 해 낸 스티브 롬바도치 주니어가 몸을 움직였다.

배터 박스 선이 발끝에 닿을 때까지.

'무조건 몸 쪽 포심이다. 저 남자가 나 정도를 상대로 뺄 리가 없어.'

바깥쪽 공을 노리기 위해 배터 박스에 바짝 붙는 선수들에게 과감한 몸 쪽 승부를 즐기는 김신이 고작 자신을 상대로 전략을 비틀 리 없다는.

슬플 정도의 자기객관화에서 나온 타격에의 집념.

그리고 다음 순간.

스티브 롬바도치 주니어가 바란 대로, 빠른 공이 확연히 몸 쪽으로 날아들었다.

쐐액-!

'됐어!'

스티브 롬바도치 주니어는 미리 준비해 뒀던 대로 팔을 몸통에 붙인 채 컨택에 집중한 콤팩트한 스윙을 가져갔지만.

따악-!

마중 나온 방망이와 인사한 것은, '역회전'하는 빠른 공이었다.

[먹힌 타구! 유격수 데릭 지터, 여유롭게 1루로…… 아웃입니다! 방금은 체인지업이었죠?]

[그렇습니다. 91마일이 찍혔네요. 웬만한 투수의 포심만큼 빠른 공이지만, 김신 선수에게는 확실히 오프 스피드 피치죠.]

1년 차건 10년 차건, 성적이 좋건 나쁘건, 어쨌든 메이저리거 타이틀을 달고 타석에 선 남자라면 그 이유가 있는 법.

김신은 그런 자들을 허투루 상대할 만큼 녹록한 사내가 아니었다.

'다음은…….'

토끼의 피를 앞발에 흥건히 묻힌 호랑이의 고개가 사냥터로 돌아갔다.

[드디어 이 만남이 성사되는군요.]

[진풍경이죠. 투수, 포수, 타자의 나이가 모두 만 19세. 세 선수의 나이를 합쳐도 60세가 넘지 않아요. 메이저리그 최초입니다!]

그곳에 선 것은 스티브 롬바도치 주니어의 집념을 뛰어넘는 투쟁심과 오만하게까지 보이는 자신감을 겸비한 남자.

[나우 배팅, 넘버 34! 브라이스─! 하퍼!]

'타자판 스티븐 스트라스버그'.

워싱턴 내셔널스가 탱킹을 통해 수확해 낸 두 번째 대어.

브라이스 하퍼가 김신을 바라보며 씨익 웃었다.

김신, 만 19세 263일.

게리 산체스, 만 19세 201일.

브라이스 하퍼, 만 19세 248일.

대학 리그에서도 쉬이 볼 수 없을 법한 만 20세 미만 투, 포, 타의 만남에 해설진과 팬들이 호들갑을 떨었다.

[드디어 이 만남이 성사되는군요.]

[진풍경이죠. 투수, 포수, 타자의 나이가 모두 만 19세. 세 선수의 나이를 합쳐도 60세가 넘지 않아요. 메이저리그 최초입니다.]

[그렇습니다. 심지어 투수는 사이 영 컨탠더, 나머지 두 선수는 3할을

치고 있어요! 메이저리그의 미래가 지금 이곳에 있다고 해도 과언이 아닙니다.]

　-10년 뒤 저 세 사람 몸값 총합 : 최소 8억 불.
　-아무리 그래도 8억은 오버 아니냐? 5억이면 몰라도.
　-5억은 될 거 같긴 한데 낙관이지. 반짝하고 사라지는 선수가 얼마나 많은데.
　-쟤네가 반짝하고 사라질 거 같음? 리얼리?


8억 달러.
한화로 1조 원에 근접하는 막대한 돈.
미래가 완전히 바뀌어 버린 게리 산체스를 제외하더라도 공수표로나마 3억 달러를 제안받은 김신과 본디 필라델피아 필리스에게 12년 3억 3천만 달러 빅딜을 선사받을 브라이스 하퍼를 생각하면 그 예상은 절반은 맞는 말이었다.
하지만 김신은 미래 3억 3천만을 거머쥘 오만한 남자를 일별하며 코웃음 쳤다.
'과대평가의 극치.'
메이저리그 역대 최연소 만장일치 MVP, 메이저리그 역대 19세 WAR 1위, 메이저리그 올스타 전국 팬 투표 1위, 세계에서 가장 유명한 야구 선수 1위.
그 찬란한 타이틀들 뒤에 서 있는 저 남자의 진실은……．

역대 가장 과대평가된 유망주 2위.

과대평가의 아이콘이라는 민낯이다.

'불쾌하다.'

물론 그보다 더한 과대평가를 받았다 평해지는, 역대 가장 과대평가된 유망주 1위는 오늘 워싱턴 내셔널스의 마운드를 책임지는 스티븐 스트라스버그다.

하지만 그는 결국 팀을 우승으로 이끌며 스스로의 가치를 증명해 냈지 않은가.

그에 반해 이룬 것 하나 없는 브라이스 하퍼 따위를…….

'어딜 마이크한테 비벼?'

스스로가 인정하는 최고의 타자, 마이크 트라웃이 라이벌 취급을 받는다는 것은 김신을 불쾌하게 하기에 충분했다.

그 생각을 꿈에도 모른 채, 소년 만화의 한 장면 같은 현재에 몰입하여 어린 승부욕을 불태우고 있는 브라이스 하퍼에게.

김신이 참교육을 시작했다.

부우웅―!

"스트라이크!"

[헛스윙! 슬라이더를 헛칩니다! 패스트볼을 기다리고 있던 것 같죠?]

[그렇습니다. 김신 선수가 초구로 바깥쪽 포심을 자주 구사하는 만큼, 게스 히팅을 해 본 것 같군요. 김신 선수는 그걸 한번 꼬아서 슬라이더를 던졌고요.]

[브라이스 하퍼 선수의 머리가 복잡하겠습니다.]

아무리 마음에 들지 않는다고 해도, 현재의 브라이스 하퍼가 역대 만 19세 WAR 1위를 찍을 실력을 보유하고 있으며.

플루크라고 해도, 2015년 역대 최연소 만장일치 MVP를 수상하는 것은 명백한 사실.

설령 정면 승부로 이겨 낼 수 있다고 하더라도.

김신은 그런 브라이스 하퍼에게 원하는 공을 줄 만큼 호인이 아니었다.

물론 그 이유만 있는 건 아니었지만.

[김신 선수, 제2구!]

부우웅―!

"스트라이크!"

이번에야말로 포심이 오리라 생각했던 브라이스 하퍼의 생각을 희롱하는 또 한 번의 슬라이더가 그의 방망이를 외면했다.

[다시 한번 슬라이더! 김신 선수, 유리한 고지를 점합니다!]

[브라이스 하퍼 선수, 신중히 승부할 필요가 있습니다. 벌써 아웃 카운트까지 하나밖에 남지 않았어요!]

위대한 타자를 만난 뛰어난 강속구 투수가 포심 패스트볼로 정면 승부를 한다는, 소년 만화적 환상에서 현실로 돌아온 브라이스 하퍼가 김신을 쏘아보았다.

그런 그에게 김신이 던진 공은.

뻐엉-!

배터 박스에서 점프라도 하지 않는 이상 건드릴 수 없는 궤적의 공.

[또 슬라이더! 이번엔 바깥쪽으로 많이 빠졌습니다!]

[이거, 김신 선수가 피해 가는 모양샌데요? 김신 선수답지 않은 투구 패턴입니다. 포심을 1개도 던지지 않고 있어요.]

그다음 공도 마찬가지였다.

뻐엉-!

[다시 슬라이더! 이번에도 빠졌습니다. 김신 선수가 정말 브라이스 하퍼 선수를 피해 가려는 걸까요?]

[글쎄요…….]


-이거 뭐냐? 왜 스트라이크를 안 던져? 무슨 일 있나?

-그러게. 이번 경기 포심 딱 1개 던졌음. 스티브 롬바도치 주니어한테 초구로. 98마일.

-진짜 이상한데? 푸홀스나 오티즈, 카브레라, 필더, 보토, 라이트 이런 선수들한테도 이러진 않았음.

-우리 하퍼 성님 눈빛에 쫀 거 아님?

-미친 소리.

-그게 아니라면 포심에 뭐 문제 있는 건가? 아니, 근데 포심에 문제가 있을 수가 있음?

해설 위원과 시청자들의 의문은 상관할 바 아니라는 듯이, 김신은 또다시 같은 공을 던졌다.

뻐엉-!

[역시 슬라이더였습니다. 이제 풀카운트!]

[상당히 의아합니다. 김신 선수가 지금까지 보여 준 모습과 너무 판이해요. 브라이스 하퍼 선수가 대단하긴 하지만 그보다 더 쟁쟁한 타자들에게도 이런 식으로 승부하진 않았던 김신 선수인데요. 더군다나 이제 1회고, 두 선수는 첫 만남입니다. 정말 무슨 의도인지 모르겠군요.]

[의도가 무엇이었건 간에, 이제는 피할 수 없습니다. 마지막이 될지도 모르는 공! 과연!]

그리고 모두의 시선을 모으는 풀카운트에서의 결정구.

"흐읍-!"

바깥쪽 스트라이크존을 향해 다가오는 그 공을 보고, 브라이스 하퍼가 눈을 빛냈다.

스트라이크를 잡지 않으면 안 될 상황에서 포심을 던지기 꺼리는 투수가 선택할 만한 구종.

거기에 질리도록 봐 왔던 슬라이더와 비슷한 구속이라면?

말할 것도 없다.

'체인지업!'

체인지업임을 확신한 브라이스 하퍼가 방망이를 휘둘렀다.

'걸렸어!'

그러나 그 공은 체인지업이 아니었으니.

삐엉-!

"스윙 스트라이크아웃!"

"……?"

떨어지지 않고 그대로 쭉 뻗은 공이 게리 산체스의 미트를 관통했다.

[삼진! 삼진입니다! 결정구는 89마일의 포심! 김신 선수가 완전히 허를 찔렀습니다!]

-와우! 삼진!

-역시 갓김이다, 갓김이야! 빌드 업 보소!

-삼진 잡은 건 잘한 거 맞지만, 난 도저히 왜 이랬는지 모르겠는데? 그냥 2스트에서 포심 꽂았어도 됐을 거 같은데.

-갓김의 큰 뜻을 네놈이 알리오.

"젠장!"

격분한 채 더그아웃으로 돌아가는 브라이스 하퍼를 보며, 김신이 만족스레 고개를 끄덕였다.

'그래, 잘하고 있어. 네놈 멘털 약한 거야 익히 알고 있지. 더 화내라.'

참교육은, 이제 시작이었다.

대부분의 스포츠는 물 흐르듯이 진행된다.

중간에 끊는 시간 없이, 일단 플레이 중에는 계속해서 몸을 움직여야 한다는 소리다.

따라서 플레이어는 깊은 생각을 할 틈이 거의 없다.

반면 야구는 어떠한가.

투수가 공을 던지기 전까지, 야구는 정지돼 있는 스포츠다.

1구와 2구 사이, 1번 타석과 2번 타석 사이. 타자와 투수, 포수와 야수 모두에게 생각할 시간이란 것이 주어진다.

더군다나 이 공 던지기 놀이에는 '턴'이라는 개념까지 있어서, 각 '회'의 사이에 전략을 수정할 수 있기까지 하다.

그렇다는 건, 그 어떤 스포츠보다도 '머리'의 중요성이 커진다는 소리다.

쉽게 말하면 피지컬도 중요하지만 '뇌지컬'도 만만치 않게 중요하다는 뜻.

당연히 분석력, 판단력, 추리력, 논리력 등을 망라하는 그 뇌지컬을 선수 본인이 완벽하게 갖춘다면 더할 나위가 없겠지만, 그렇지 못하더라도 딱히 상관은 없다.

구단에서는 승리를 위해 최선의 지원을 아끼지 않으니까.

대신 생각해 줄 사람들이 널리고 널린 것이 야구판이니까.

그도 아니라면 괴물 같은 신체 능력과 감각으로 해결하면 그만일 뿐.

하지만 남이 해 줄 수 없는, 반드시 본인이 갖춰야만 하는 것이 한 가지 있다.

멘털.

모든 스포츠, 아니, 그 어떤 분야에서라도 가장 근본이 되는 마음가짐.

전생의 게리 산체스가 충분한 능력을 가지고 있었음에도 포구에 문제를 드러냈던 이유.

김신이 왼손의 구속을 잃고도 다시금 오른손으로 사이 영을 들어 올릴 수 있었던 재능.

그 재능이, 브라이스 하퍼에게는 부족했다.

0-0으로 맞선 3회 초.

수비를 위해 더그아웃에서 빠져 나오는 브라이스 하퍼를 응시하며 김신이 뇌까렸다.

'지금까지는 상관없었겠지. 워낙 승승장구했으니까.'

중고등학생 때부터 전미의 관심을 받았으며, 끝내 메이저에서도 날아오르고 있는 브라이스 하퍼에게 있으리라 생각되지 않는 문제.

아무도 알지 못하는 그것을, 김신은 너무나 정확히 알고 있었다.

'심판 판정에 불복하는 건 기본이고, 욕설도 했지, 아마?'

조금 심한 견제를 당했다고 심판 판정에 불복하거나, 경기 중 욕설을 입에 담는 등 브라이스 하퍼의 멘털이 연약한 두부와 같다는 것을.

당연히 발견된 이후, 구단과 소속 에이전트사의 지원을 받아 심리 치료를 진행하는 등의 노력으로 개선이 되지만.

'적어도 오늘 경기에선 아니지.'

그 전에 무너뜨리면 되는 것이 아닌가.

머리끝까지 흥분이 오른 타자는 휘두를 줄 모르는 보검을 든 어린아이와 같은 법.

아무리 보검을 손에 쥐었다 해도 휘두를 줄 모르거늘 무슨 소용이란 말인가.

남자 대 남자, 사람들을 열광시키는 스타 대 스타의 드라마틱한 한판 승부를 기대했던 상대가 변화구 일변도로 정면 승부를 회피한다면?

그런데 자신은 그 타구를 외야로 날려 버리지 못하고 계속해서 무릎을 꿇는다면?

브라이스 하퍼는 결국 어린아이가 되리라.

그런 상태에서 다시 정면 승부로 무너진다면 놈이 어떤 표정을 짓고 어떤 반응을 보일까?

'볼 만하겠어. 겸사겸사 클루버 씨한테 보여 주기도 좋고.'

그렇게 사냥감의 발목에 서서히 올무를 걸고 있는 사냥꾼이 비릿한 미소를 지을 찰나.

"킴! 나가야지!"

"알겠습니다."

김신의 생애 첫 무대가 준비되었다.

"잘 치고 와! 아니다. 아무것도 하지 마! 네가 치면 우리가 꼴이 이상해지니까."

"산체스, 그게 첫 타석에 서는 동료한테 할 소리냐?"

"아니, 왜요! 맞잖아요!"

이번 경기 5번 타자로 출전해 이미 삼진 하나를 수확한 게리 산체스의 응원 아닌 응원을 들으며, 김신이 더그아웃을 벗어났다.

뻐엉-!

"스윙 스트라이크아웃!"

그리고 8번 타자 에두아르도 누네즈가 삼진으로 물러난 뒤.

[나우 배팅, 넘버 92! 신. 킴!]

김신이 그라운드에 섰다.

글러브와 공이 아닌, 방망이를 손에 쥔 채.

[3회 초, 1사 주자 없는 상황. 김신 선수가 생애 첫 타석에 섭니다!]

[워낙 기록이 없는 선수라 무슨 일이 벌어질지 상상하기 어렵군요. 스티븐 스트라스버그 선수도 신중한 모습입니다.]


-야구는 잘하는 놈이 잘하는 거지! 김신, 기대한다!

-저 나이에 저만큼 던지는데 타격까지 잘한다고? 말이 되는 소

리를 해라.

　-그래도 김신이면 기대할 만함.


　이렇다 할 기록도 없이 메이저에 데뷔했기에 그 누구도 알 수 없는 김신의 타격 실력.

　수많은 사람의 주목과 함께, 그 실체가 서서히 베일을 들어올렸다.

　부우웅-!

92

2012년 6월 15일 오후.

미국 동쪽 끝에 위치한 워싱턴 D.C.에서 뉴욕 양키스와 워싱턴 내셔널스의 1차전 경기가 한창일 무렵.

수천 마일 떨어진 서쪽 끝, 워싱턴주 시애틀에서는 누구보다 야구를 좋아하지만, 그렇기 때문에 경기를 관전할 수 없는 세 남자가 막 만남을 가지고 있었다.

"후…… 잠시 휴식하실까요?"

마라톤 협상에 한숨을 내뱉는 중년 백인의 이름은 브라이언 캐시먼.

비어 있는 양키스의 외야 백업 자리를 채우기 위해 달려온 구매자였으며.

"좋습니다."

얼마든지 더 해 보라는 듯 여유로이 손짓하는 동양인 남자의 이름은 스즈키 이치로.

스스로를 희생하여 팀의 미래를 얻고자 하는 숭고한 히어로였다.

"그럼 전 잠시 화장실 좀 다녀오겠습니다."

그리고 휴식이 시작되는 즉시 냉큼 자리를 비우는 대머리는 바로 시애틀 매리너스의 단장, 잭 쥬렌식.

잭 쥬렌식의 뒤뚱거리는 뒷모습을 바라보던 캐시먼은 목 끝까지 올라왔던 욕설을 씹어 삼켰다.

'빌어먹을. 선수한테 일임하고 물러서 있겠다고? 미쳐도 단단히 미쳤군.'

물론 지금 이 자리는 이치로에 의해 열린 테이블이긴 했다.

리빌딩하는 팀이 하락할 일만 남은 팀의 중추를 팔아치우고 유망주를 모으는 건 당연한 처사지만.

팬들의 눈치를 아예 안 볼 수 없는 단장 입장에서, 팀 역사에 한 획을 그은 스즈키 이치로쯤 되는 선수를 처분하기란 쉽지 않은 일.

그런 것을 꿰뚫어 본 스즈키 이치로가 진정으로 시애틀 매리너스란 팀을 위해 트레이드를 자청한 것이 시작이었으니까.

하지만 아무리 선수가 자청한 트레이드였다고는 해도 단장의 본분을 저버린 잭 쥬렌식을, 캐시먼은 곱게 볼 수 없었다.

'쯧.'

하지만 어쩌겠는가.

이미 테이블은 열렸고 선택권은 이치로의 손에 있는 것을.

잠시 뒤.

속으로 혀를 차면서 타이밍을 기다리던 브라이언 캐시먼의 스마트폰에 문자가 도착한 순간.

[김신 투구 시작.]

캐시먼은 키맨의 마음을 결정할 마지막 방아쇠를 당겼다.

"잠시 TV 좀 켜도 되겠습니까? 양키스 경기가 궁금해서 참을 수가 있어야죠, 하하."

"예, 뭐. 그러십시오."

"감사합니다."

이미 깔 수 있는 패는 모두 깠다.

남은 것은 이치로의 결단뿐.

그렇다면 한 시즌 262안타 같은, 메이저리그에 길이 남을 대기록을 가진 전설에게 어필할 것은 무엇일까?

'오직, 우승뿐.'

그의 커리어에 없는 정상의 기쁨.

이미 수없이 어필했던 그것을 '실제로' 보여 주기 위해, 캐시먼은 리모컨을 눌렀다.

오늘 경기의 선발투수는, 눈앞에 앉은 노장에게 우승이란 단어를 가장 강렬히 보여 줄 수 있는 남자였으니까.

뻐엉-!

[101마일! 애덤 라로쉬, 꼼짝도 하지 못합니다!]

TV를 틀자마자 터져 나오는 커다란 포구음과 흥분한 캐스터의 목소리.

캐시먼의 기대보다 훨씬 빨리, 이치로가 반응했다.

"킴이군요."

"예, 맞습니다. 저희 보물이죠."

"그렇겠죠, 저런 선수라면."

"그러는 이치로 선수도 킴을 상대로 안타를 뽑아내시지 않았습니까?"

"……."

뻐엉-!

방 안을 울리는 김신의 투구를 바라보며, 어느새 협상가가 아닌 선수의 얼굴이 된 이치로.

잠시간 그의 표정을 살피던 캐시먼은 천천히 입을 열었다.

"이미 여러 번 말씀드렸지만, 저희 양키스는 강합니다. 하지만 완벽하지 않죠."

"……."

"캡틴 지터가 있긴 하지만, 함께 야수조를 다독여 줄 베테랑이 부족합니다. 아버지는 있는데 어머니는 없는 상황인 거죠."

TV에 고정돼 있던 이치로의 고개가 캐시먼에게로 돌아갔다.

그 반응을 계속해서 주시하며, 캐시먼이 말을 이었다.

"투수진? 훌륭하죠. 탄탄합니다. 그러나 야구를 투수만으로 합니까? 지금 양키스의 야수진은 과부하 상태입니다. 마이너에서 올린 백업들은 죽을 쑤고 있고, 주전들의 체력은 소모되고 있죠."

"……."

"지구 우승이야 문제없겠지만, 포스트 시즌까지 주전들이 제 기량을 낼 수 있을지 확신하기 어렵습니다. 심지어 부상자라도 생기는 날에는…… 상상하기에도 끔찍합니다."

여전한 침묵으로 일관하는 이치로.

그를 향해 캐시먼이 힘주어 말했다.

"이치로 선수가 합류한다면, 우리 양키스는 완벽에 한 걸음 더 다가갈 수 있습니다. 외야진은 휴식을 취할 수 있고, 닉 스위셔 선수가 1루 백업을 보면 내야진도 숨통이 트이죠."

순간, 잠자코 듣고만 있던 이치로가 툭 뱉었다.

"지금 이 이치로를 백업으로 쓰겠다고 하는 겁니까?"

평범한 사람이라면 당황할 수도 있는 발언.

그러나 캐시먼은 평범한 사람도 아니었고, 이미 예상했던 질문에 허둥거릴 만한 인사는 더더욱 아니었다.

"글쎄요. 그럴 수도 있고, 아닐 수도 있죠. 선수 기용은 감독의 권한이니까요. 하지만…… 지금 스즈키 이치로가, 262안타의 주인공이 경쟁을 이겨 낼 자신이 없다고 하는 겁니까?"

"……!"

"분명히 말씀드립니다. 출전 기회는 돌아갈 겁니다. 외야 어떤 자리를 막론하고요. 하지만 거기서 주전으로 도약하는 것까지 저에게 바라시면 안 되죠. 직접 쟁취하셔야 하지 않겠습니까?"

"……."

"그래야 '첫' 우승 반지를 당당히 끼실 수 있지 않을까요, 스즈키 이치로 선수?"

이제는 완전히 몸을 돌려 자신을 바라봐 오는 이치로의 형형한 눈빛에 대고, 캐시먼은 최후통첩을 날렸다.

"자신, 없으십니까?"

그에 대한 이치로의 답변은 간단했다.

캐시먼은 알아들을 수 없었지만.

"おもしろいね(재미있군)."

"예?"

캐시먼의 반문에 씨익 웃은 이치로가 선선히 답했다.

"아닙니다. 결정은 이미 돼 있었습니다만, 흥미로운 대담이었습니다."

"……?"

"핀 스프라이트 한 벌 준비해 주십시오."

"……! 후회하지 않을 결정을 하신 겁니다!"

마침내 양키스의 우승을 향한 마지막 조각이 채워지는 순간.

"끝났습니까?"

잭 쥬렌식이 기다렸다는 듯 모습을 드러냄과 동시에.

따악-!

청아한 타격음이 협상장을 가득 메웠다.

캐시먼이 공수가 전환됐는지도 모를 만큼의 열변을 토하고 있을 무렵.

그 설득의 단초로 쓰인 김신은 허공에 방망이를 열렬히 휘두르고 있었다.

부우웅-!

"스트라이크."

미트에 틀어박힌 공과 족히 머리 하나는 차이 나는 어이없는 스윙.

심지어 자세까지도 완전히 무너져, 김신은 스윙 후 땅바닥에 주저앉고 말았다.

[아…… 방망이 크게 헛돕니다. 원 스트라이크!]

[아무래도 스위치피칭을 익히는 것만도 힘든 나이이기는 하죠.]

—ㅋㅋㅋㅋㅋㅋㅋㅋㅋㅋ 힘만 디립다 들어간 선풍기질이죠?

—솔직히 타격까지 잘하는 건 개오바지. 이게 정상임.

—야구는 잘하는 놈이 잘한다던 놈 어디 갔냐?

—저 정도면 아예 연습이 안 된 건데……. 차라리 휘두르지 말고 가만히 있는 게 체력 보존 측면에서 도움이 될 듯.


프로 선수라고는 도저히 볼 수 없는 스윙에 즉각적으로 반응하는 해설진과 팬들.

심지어 그라운드에 함께 서 있는 선수들조차 기세가 누그러지는 게 눈에 보일 정도였다.

그 사이에서 유이(唯二)하게 긴장을 늦추지 않는 사람은, 마운드의 주인 스티븐 스트라스버그와.

'노리는 게 있군.'

김신의 타격을 지켜봤던 타격 코치, 케빈 롱.

케빈 롱의 이채와 함께, 스티븐 스트라스버그의 2구가 날아들었다.

부우웅—!

"스트라이크!"

긴장을 덜어 낸 듯 처음보단 확연히 나았지만, 김신의 두 번째 스윙은 스티븐 스트라스버그의 머릿속에서 일말의 우려를 지워 내기에 충분했다.

만 19세.

스위치피칭을 익히는 데만도 부족하기 그지없는 나이가 불러온 촌극의 방심.

멋쩍다는 양 배터 박스 밖으로 나가 두어 번 연습 스윙을 가져간 김신이 다시금 타격 자세를 잡았다.

필사적으로 시선을 내려, 기다리던 기회를 잡은 맹수의 눈빛을 숨기면서.

'성공 확률은 희박하겠지만…… 그래도 다 왔다.'

잭 그레인키와 같이 타격을 더 좋아하는 괴짜도 있지만, 대부분의 투수는 타격에 젬병이다.

그것은 어찌 보면 당연한 일이다.

인체의 모든 힘을 쥐어짜면서도 섬세한 조정을 유지해야 하는 피칭의 전문가가 다른 분야에서도 뛰어나기란 어려운 법이니까.

그래서 내셔널리그의 투수 타석은 대다수가 쉬어 가는 타석이고, 내셔널리그 투수들은 그것에 익숙해져 있다.

굳이 어렵게 변화구를 던지지 않을 만큼.

하물며 1년에 몇 번 타석에 서지도 않는 데다 타격 훈련에 소홀하기 일쑤인 아메리칸리그의 투수, 심지어 생애 첫 타석인 김신을 상대로라면야.

'포심. 포심으로 와라.'

현재 김신이 유일하게 칠 가능성이라도 있는 구종, 포심.

그것을 이끌어 내기 위해 김신이 한 것은, 고작 스티븐 스트라스버그에게 익숙함이 변하지 않았다는 것을 인지시켜 주는 간단한 작업.

브라이스 하퍼에게 행하는 빌드 업과 마찬가지로, 최종 목표를 향한 쉬운 인내였을 뿐.

[투 스트라이크 노 볼. 아주 유리한 상황. 투수 와인드업!]

그의 진면모를 아무도 모르는 지금.

아직 배트를 휘두르고 거대한 다이아몬드를 돌아도 피칭을 위한 체력을 안배할 수 있는 경기 초.

단 한 번만 가능한 방법.

'뭐, 실패할 확률이 훨씬 높은데, 계속 웃음거리가 되기 싫은 것도 있지만……'

웅크렸던 스티븐 스트라스버그의 가슴이 피칭을 위해 활짝 열린 순간, 모든 퍼즐이 맞춰지고.

김신의 고개가 들렸다.

"……!"

그리고 김신의 눈에서 뿜어져 나오는 명백한 이상(異常)을 절감한 스티븐 스트라스버그의 손가락이 미세하게 틀어지면서.

"흐읍―!"

희미하던 김신의 작전 성공 확률이 천장을 뚫었다.

따악―!

[억! 큽니다! 우측 담장! 우측 담장! 넘어가지…… 못합니다! 펜스를 강타하고 튀어나오는 타구!]

그 타구는 첨예한 승부에서 한발 앞서 나가기에는 부족했지만.

[김신 선수 1루 돌아 2루로! 마이클 모스, 2루로 송구하지만…… 늦었습니다! 세이프! 서서 2루에 들어가는 큼지막한 타구!]

김신에게 일시적으로 1.000 / 1.000 / 2.000, OPS 3.000이라는 무시무시한 스탯을 허락하기엔 충분했다.

"후우……!"

그럼에도 2루에 선 김신은 가쁜 숨을 몰아쉬며 아쉬움을 삼켰다.

'젠장, 넘어갔어야 됐는데.'

홈런이었다면 최대한 체력을 아낄 수 있었을 텐데.

이제는 주루 플레이까지 해야 했으니까.

그러나 아쉬움을 삼키는 건 오직 김신뿐.

[믿을 수 없는 일이 일어났습니다! 김신 선수의 2루타!]

[대단합니다. 물론 실투성 공이었습니다만, 정말 제대로 잡아당겨졌어요!]

-10할 타자 김신! 10할 타자 김신!

-답답해서 내가 친다 ㅋㅋㅋㅋㅋ

-나 찾은 놈 어디 갔냐? 야구는 잘하는 놈이 잘한다니까?

-소 뒷걸음질 치다 쥐를 잡아도 정도가 있지 ㅋㅋㅋㅋㅋ 이 정도면 야구의 신이 가호하고 있는 거다.

-가만있으라고 해서 죄송합니다. 계속 휘둘러 주세요!


해설 위원들과 팬들은 물론이거니와.

"아, 진짜……. 이러면 내가 뭐가 되냐고……."

더그아웃에서 유심히 김신의 타격을 지켜보던 게리 산체스 또한 입을 벌렸다.

그 모습에, 대기 타석으로 걸어가려던 브렛 가드너가 짐짓 핀잔을 건넸다.

"그러게 말이다. 넌 삼진, 쟨 2루타. 누가 타자냐?"

"그러는 가드너 씨도 땅볼인데요?"

"난 이제 아닐걸. 간다, 우리 이쁜이한테 휴식 시간 좀 줘야지."

그리고 게리 산체스와 놀아 준 브렛 가드너가 대기 타석에 도착했을 때.

따악-!

방금 전까지 그곳에 있던 클러치 히터가 브렛 가드너의 의도를 한발 먼저 실행했다.

[데릭 지터-!]

"······역시 캡틴이라니까."

같은 투수에게 장타를, 그것도 실투에서 비롯된 장타를 맞고 흔들리는 루키 투수.

절정의 타격감을 자랑하는 양키스 타자들에게, 그것은 맛있는 밥상이었다.

따악-!

공격의 물꼬를 튼 기특한 막내에게 휴식을 보장하기 위해.

선배들의 방망이가 연신 폭발했다.

3회 초, 1사 이후 쉬어 가는 타석으로 생각했던 김신에게 불의의 일격을 허용하며 흔들리기 시작한 스티븐 스트라스버그.

리그 최강으로 평가받는 양키스의 상위 타선은 그 기회를 놓치지 않았다.

1번 타자 데릭 지터, 2번 타자 브렛 가드너의 연속 안타로 김신을 더그아웃으로 돌려보낸 데 이어.

따악-!

[좌중간- 완벽히 가릅니다! 3루 주자 홈-인! 1루 주자도 3루 돌아 홈으로! 홈에서······ 세이프입니다! 추신서 선수의 싹쓸이 2루타!]

추신서의 적시타에 발 빠른 데릭 지터와 브렛 가드너가 모조리 홈플레이트를 밟으며 3-0.

격한 베이스러닝으로 체력을 소모한 김신에게 충분한 휴식을 부여하는 데 성공했다.

뻐엉-!

[삼진! 스티븐 스트라스버그 선수, 커티스 그랜더슨을 상대로 소중한 삼진을 뽑아냅니다!]

역대 최고의 과대평가라는 오명을 딛고 일어나 팀을 월드시리즈 정상에 올렸던 불굴의 사나이, 스티븐 스트라스버그는 금세 정신을 차리고 커티스 그랜더슨을 삼진으로 잡아내며 위기를 넘기는 듯했으나.

따악-!

[좌익수 뒤로! 좌익수 뒤로! 좌측 담장! 좌측 담장! 넘어갑니다! 게리 산체스의 투런포! 양키스에겐 아직 3회를 끝낼 생각이 없었습니다!]

[맞자마자 넘어갔다는 걸 알 만큼 거대한 타구였습니다. 얼마 전 R.A. 디키에게서 홈런을 뽑아 낸 데 이어 스티븐 스트라스버그까지. 게리 산체스 선수, 에이스 킬러인가요?]

타격에서만큼은 절대 김신에게 뒤질 수 없다는 집념으로 똘똘 뭉친 게리 산체스의 재능이 스티븐 스트라스버그를 마운드에 주저앉혔다.

5-0.

김신에게 오랜만에 든든한 빽이 생긴 채, 3회 초가 끝이

났다.

그리고.

뻐엉-!

"스트라이크!"

충분한 휴식을 취한 10할 타자가 워싱턴 내셔널스의 추격을 무자비하게 끊어 냈다.

뻐엉-!

경기가 이어졌다.

응원하고 있는 팀이 큰 점수 차로 이기고 있다면 당연히 팬 입장에서는 기쁘겠지만, 그 경기가 재미있냐고 묻는다면 대답을 망설일 수밖에 없다.

이미 승리가 확정된 경기보다는 손에 땀을 쥐게 하고, 긴장으로 가슴이 두방망이질하는 경기가 훨씬 재밌는 것은 당연한 일이니까.

뉴욕 양키스와 워싱턴 내셔널스의 1차전이 바로 그러했다.

7회에 이미 9-1이라는 압도적인 스코어.

패배를 예상하고 일찌감치 패전 처리조를 투입한 내셔널스와 홍이 오른 양키스 방망이가 만들어 낸 결과.

선발인 김신이 건재하고, 그 뒤엔 리그 최고의 마무리 중 하나인 마리아노 리베라가 기다리고 있는 상황에서.

　양키스 팬들의 관심이 승리가 아닌 다른 곳으로 향하는 것도 무리는 아니었다.

　가장 처음으로 그들이 주목했던 것은 김신의 타격이었으나.

　뻐엉—!

　"스트라이크아웃!"

　체력 안배를 위해 소극적인 태도를 견지한 김신과 이미 그를 경시하지 않게 된 내셔널스 투수들의 컬레버레이션으로 김신의 방망이는 계속해서 침묵했다.

　이후 양키스 팬들의 시선이 향한 것은 두 가지.

　그 첫 번째는.

　뻐엉—!

　"스트라이크아웃!"

　[삼진! 스티브 롬바도치 주니어를 삼진으로 잡아내면서, 13경기 만에 149탈삼진을 기록하는 김신 선수! 무시무시한 페이스입니다!]

　[환상적이군요. 이대로라면 300K도 무난히 가능한 페이스입니다.]

　1.43이라는 메이저리그 역대 최고 K/9(9이닝당 탈삼진 개수)을 기록하며 150탈삼진 달성을 목전에 둔 김신이었고.

　두 번째는, 비록 안타나 출루는 기록하지 못했지만 이상하게도 김신이 정면 대결을 회피하는 유일한 타자.

브라이스 하퍼.

[나우 배팅, 넘버 34! 브라이스- 하퍼!]

8회 초, 마침내 둘의 마지막 대결이 성사되었다.

'적당히 무르익었군.'

여전히, 어쩌면 처음보다 더한 열의를 불태우는 브라이스 하퍼와 이미 논의한 대로 가동되기 시작한 팀의 불펜을 확인한 김신이 손 안의 공을 거칠게 잡아챘다.

'다 털어 낸다.'

적절한 햇빛과 물이라는 섬세한 케어로 성대하게 열린 과실을 향해.

수확자의 손길이 뻗어 나갔다.

뻐엉-!

"스트라이크!"

"……!"

변화구만을 생각하던 브라이스 하퍼로선 움찔할 수도 없는 속구.

[와우! 101마일의 포심이 존 한가운데 틀어박힙니다! 김신 선수, 여기서 피칭 레퍼토리를 바꾸나요?]

이번 경기 자신에게 처음으로 구사한 김신의 성명절기에, 브라이스 하퍼의 눈에 승부욕이 타올랐다.

'이 자식……!'

입술을 짓씹으며 자세를 가다듬는 브라이스 하퍼.

하지만.

따악-!

계속해서 변화구만 봐 왔던 타자가 갑작스레 100마일을 상회하는 포심에 타이밍을 맞추기란 지난한 일.

브라이스 하퍼가 쳐 낸 공이 라인을 벗어났다.

[파울! 이번엔 102마일입니다! 브라이스 하퍼 선수가 완전히 힘에서 밀렸어요!]

투 스트라이크 노 볼.

마치 타자를 찍어 누르는 듯한 한가운데 포심 2개로 만들어 낸, 완벽하게 투수에게 유리한 볼카운트.

게리 산체스에게서 돌아온 공을 쥔 김신이 긴 숨을 내뱉으며 절벽 끝에 선 남자를 응시했다.

'역대 만 19세 WAR 1위라고?'

본디 이번 시즌 브라이스 하퍼가 기록했을 영예로운 기록.

하지만 거기서 대단한 건 만 19세라는 나이뿐.

그 실체는 전체 메이저 타자로 치면 조금 잘하는 수준에 불과한 성적이다.

심지어 그때는.

'내가 없었지.'

브라이스 하퍼가 가진 모든 최연소 기록을 갈아치울 남자가 팔을 휘둘렀다.

그리고 그 공은, 이번에야말로 쳐 내겠다며 콧김을 내뿜던 패배자에게 날아든 그 공은.

부우웅─!

위로 솟아오르는 듯한 아름다운 환상을 남기며.

브라이스 하퍼를 조롱했다.

아주, 잔인하게.

"스윙 스트라이크아웃!"

[삼진! 삼진입니다! 기어코 이번 경기에서 150탈삼진 고지에 오르는 김신 선수! 역대 최단 기록입니다!]

심판의 콜과 함께 브라이스 하퍼의 욕설이 들리는 순간.

"What the f×ck!"

브라이스 하퍼에게 강렬한 첫 만남의 추억을 선사한 김신이 거세게 주먹을 움켜쥐었다.

⚾

8이닝 1실점으로 워싱턴 내셔널스를 꽁꽁 틀어막은 김신이 내려간 뒤.

마리아노 리베라는 팬들의 예상과 한 치 다름없는 결과를 확정 지었다.

따악─!

[유격수 정면! 데릭 지터, 침착하게 1루에…… 아웃입니다! 볼 게임 이즈 오버! 양키스가 파죽의 7연승을 달립니다!]

수훈 선수로 뽑힌 건 말할 것도 없이 13개의 삼진을 잡아내며 150탈삼진 고지를 정복한 김신.

아이싱을 한 채, 조금 상기된 기색의 김신이 마이크 앞에 섰다.

"축하드립니다, 김신 선수. 오늘 최단 기간 150탈삼진을 달성하셨는데요, 소감 한 말씀 부탁드려도 될까요?"

"예, 아주 기쁩니다. 든든하게 뒤를 받쳐 준 동료들과 열성적인 응원을 보내 준 팬들 덕분이라고 생각합니다."

진부하디진부한 김신의 답변에 여성 리포터가 짓궂은 질문을 던졌다.

"시간 여행자가 했다기엔 너무 평범한 답변 아닌가요?"

"그러면…… 제가 좀 잘 던집니다. 앞으로도 잘 던지겠습니다. 아니, 잘 던질 겁니다. 제가 보고 왔거든요."

그에 즉각 재기 넘치는 대답을 내놓은 김신.

리포터는 웃으며 인터뷰를 이어 갔다.

"하하, 좋습니다. 시간 여행자의 말이니 확실하겠죠? 기대하겠습니다. 그럼 다음 질문, 오늘 첫 타석에서 2루타를 기록하셨어요. 원래부터 타격에도 관심이 있으셨는지, 오늘 같은 모습을 계속 기대해도 될지 궁금합니다."

"음…… 타격에도 관심이 있긴 합니다만, 솔직히 실력은 어린아이 수준입니다. 오늘 건 요행이었죠. 다시 하라면 못할 정도로요. 제가 아메리칸리그 소속이어서 참 다행입니다."

첫 타석을 제외하고는 선선히 아웃 카운트를 헌납했던 김신이기에 당연하다면 당연한 답변.

다만 김신의 속마음은 조금 달랐다.

'뭐, 완전히 요행은 아니었지만. 타격도 나름 재미있는데 틈틈이 연습해 볼 만은 하겠어.'

그사이, 고개를 끄덕인 리포터가 다시 입을 열었다.

"그러시군요. 잘 알겠습니다. 이제 마지막 질문인데요. 이번 경기에서 브라이스 하퍼 선수를 상대로 상당히 이색적인 피칭을 선보이셨어요. 이에 대해 말씀 부탁드립니다."

그 질문에 브라이스 하퍼를 제압하던 순간으로 돌아간 김신의 호르몬이 다시금 엔돌핀을 대량 생산했다.

'몇 번을 겪어도 이건 정말⋯⋯.'

정면 승부에서 승리했다는, 힘 대 힘으로 상대를 눌러 버렸다는 쾌감.

치밀한 계산 끝에 타자의 타이밍을 가지고 놀고, 그를 속여 넘겼다는 쾌감.

그를 야구에 미친 광인이 되도록 만들었던 그 마약과도 같은 쾌감이 다시금 전신을 교차하는 것을 느끼며, 김신은 천천히 목소리를 냈다.

"뭐⋯⋯ 나름대로 노린 건 맞습니다만 브라이스 하퍼 선수가 저와 첫 만남이다 보니 생각보다 잘 통한 거 같습니다. 원래 첫 만남에서는 투수가 유리한 법이니까요."

김신의 이성은 첫 번째 질문에 대한 답변과 마찬가지로 긁어 부스럼을 만들지 않을 진부한 답변을 꺼냈으나.

그의 체내를 휘도는 엔돌핀이 리포터가 입을 열기 전에 두 번째 버전을 덧붙이도록 만들었고.

"타격은 타이밍이고, 피칭은 그 타이밍을 뺏는 행위다."

"……?"

"투수를 위대하게 해 주는 것은 팔이 아니라 뇌라고 불리는 두 귀 사이에 있는 것이다."

"아, 예. 고(古) 워렌 스판 선수와 스승이신 그렉 매덕스 양키스 단장 특별 보좌의 명언이죠."

"그래서였습니다. 1회부터 브라이스 하퍼 선수가 포심을 노리는 게 보였거든요. 그랬더니 마지막엔 변화구만 노리는 거 같길래 포심으로 승부한 거고요. 대답이 됐나요?"

그 덕에 브라이스 하퍼의 멘털에 마무리 일격이 가해졌다.

　　김신, '브라이스 하퍼? 내 손 안에 있소이다.'

다음 날, 수훈 선수 인터뷰에서 김신이 둔 마지막 한 수는 언론과 인터넷을 통해 즉각 화제가 되었다.

—ㅋㅋㅋㅋㅋㅋㅋㅋ 다 보였다 이거네. 브라이스 하퍼 개발렸쥬?

—근데 이 정도면 도발 아님? 굳이 인터뷰에서 이렇게 얘기할 필요 있었나.

—여기저기서 떠받들어 주니까 그런 거 아니겠어? '제가 좀 잘 던집니다.'는 뭐야.

—다 비비 꼬인 놈들만 있냐? 잘나가는 루키가 패기 좀 부릴 수도 있지.


브라이스 하퍼, '어제는 우리가 졌다. 하지만 오늘은 다를 것.'


승승장구하는 김신을 아니꼽게 보던 몇몇 팬들과 브라이스 하퍼는 SNS를 통해 코멘트를 다는 등 열을 냈지만.


—이 정도 가지고 도발이라니;; 그냥 첨언한 정도지, 뭐.

—도발이건 아니건 시간 여행자 콘셉트도 그렇고, 명언 인용하는 것도 그렇고…… 말은 진짜 잘하는 듯. 신인이 이렇게 능숙하기가 쉽지 않은데.

—ㅇㅇ 미국 온 지 얼마 안 됐다던데 말 잘함. 동양인들 티켓은 불티나게 팔릴 듯?

—양키스에서 가르쳤겠지. 첫 번째 답변 죄다 무난한 거 봐라 ㅋㅋㅋㅋㅋ

—양키스보단 에이전시겠지. 보라스잖아, 쟤도.

–김신 보라스였어? ㅎㄷㄷㄷ;; 갓 보라스;;

–김신은 메이저리그의 희망이다…….

–ㅉㅉ 희망은 무슨…….

–13경기 150탈삼진 안 보임? 희망 맞지. 갓김 찬양해!


알아서 반박해 주는 팬들의 모습에 김신은 그저 피식 웃으며 스마트폰을 조작해 창을 넘겼다.

팬들이 알아서 반박해 주고 있고, 루키의 흔한 패기로 묻혀 가는 경향이 확연해서이기도 했지만.

"어디 보자……."

빌리 리의 추가 업무가 제대로 진행됐는지 확인해야 했으니까.

"오! 역시 빌리. 일 하나는 깔끔하구먼."

기대를 저버리지 않고 메일함에 도착해 있는 빌리 리의 분석 자료를 확인한 김신은 곧바로 자리에서 일어나 걸음을 옮겼다.

"몇 호더라?"

오늘 경기의 선발투수, 코리 클루버에게로.

똑똑똑–!

그리고 김신의 그 발걸음은.

또다시 작은 변화 하나를 가져왔다.

"……?"

작지만, 한 사람의 미래를 바꾸기엔 충분한 변화를.

양키스와 내셔널스의 인터리그 2차전.

뉴욕 양키스의 선발투수 자리는 세간엔 알려지지 않은 이반 노바의 내부 징계로 코리 클루버에게 돌아갔다.

[오늘 경기, 양키스의 선발투수는 코리 클루버 선수입니다. 지난 메츠와의 서브웨이 시리즈에서 롱릴리프로 등판해 3과 2/3이닝 1실점, 준수한 활약을 펼쳤습니다.]

[그렇습니다. 2사 1, 3루라는 어려운 상황에 등판해서 루키답지 않은 강심장으로 위기를 넘겼었죠. 투심의 무브먼트가 빼어나고, 공격적인 피칭으로 카운트를 잡는 게 일품인 선수입니다. 변화구 중에선 특히 커브가 괜찮았고요.]

[맞습니다. 어제 내셔널스 선발이었던 스티븐 스트라스버그 선수처럼 횡 무브먼트가 두드러지는 훌륭한 커브였죠. 오늘 경기에서도 그런 좋은 모습을 보여 줄 수 있을까요?]

[글쎄요. 2011년에 세 번, 지난 경기에서 한 번. 메이저 등판 경험이 네 번에 불과한 선수이니만큼 까 봐야 알 거 같습니다만.]

[그렇군요. 그렇다면 역시 선발의 무게는 내셔널스 쪽에 더 힘이 실리는 상황이 되겠네요.]

[아무래도 그렇죠. 아시다시피 오늘 내셔널스 선발인 지오 곤잘레스

선수는……]

해설 위원들의 경기 전 코멘트처럼, 코리 클루버가 지난 경기와 같은 훌륭한 모습을 보일 거라 확신하는 사람은 많지 않았다.

하지만.

따악-!

[이 타구가 3유간을 관통합니다! 3루 주자 홈-인! 1루 주자도 홈을 밟습니다! 브라이스 하퍼! 어제의 한을 말끔히 풀어 버리는 2타점 적시 2루타!]

터프한 상황에서도 거침없이 존 안에 공을 꽂아 넣던 패기 있는 루키가 속절없이 무너질 거라 생각한 사람 또한 많지 않았다.

[어제 경기의 처지가 완전히 뒤바뀝니다! 경기 초반부터 5점을 선취하는 내셔널스!]

[아, 양키스로서는 매우 좋지 않은 상황입니다.]

1회 말.

1번 타자 스티브 롬바도치 주니어에게 볼넷, 2번 타자 브라이스 하퍼에게 안타를 허용하는 걸 시작으로 3실점.

간신히 6번 타자 이안 데스몬드를 병살로 잡아내면서 이닝을 넘겼지만.

2회 말 8번 타자로 출전한 포수 헤수스 플로레스에게 다시 볼넷을 헌납하며 흔들린 끝에 두 번째 타석을 맞이한 스티브 롬바도치 주니어와 브라이스 하퍼에게 연속 안타.

어제 김신에게 꽁꽁 틀어막혔던 한을 풀 듯 폭발하는 내셔널스 타선에, 코리 클루버는 메이저리그의 혹독함을 강제로 체감하고 있었다.

[2사 주자 2루 상황. 타석에 3번 타자 라이언 짐머맨 선수가 올라옵니다. 코리 클루버 선수에겐 산 넘어 산이에요!]

지난 경기 준수한 활약을 펼쳤던 코리 클루버가 갑자기 무너져 내리고 있는 이유는 간단했다.

내셔널스 타자들이 만화같이 각성해서도, 그의 일천한 경험 탓에 그가 가진 사자의 심장이 움츠러들어서도 아니었다.

그저.

[클린업도 클린업이지만 코리 클루버 선수의 투심이 흔들린다는 게 더 큽니다. 제가 보기엔 제구가 말 안 듣는 거 같은데요.]

투심의 제구가 날뛰기 시작했기 때문이었다.

사실 당연한 일이다.

그렉 매덕스가 심혈을 기울이고 있다고는 해도 고작 사사한 지 한 달도 안 된 시점.

코리 클루버의 투심은 원래부터 제구가 좋지 않았다.

오히려 지난 경기의 호투가 신의 가호였을 따름.

구사율 60%를 상회하는 주 무기가 말을 듣지 않는다?

그럼 남은 건 파탄뿐인 게 당연지사.

[맞습니다! 투심의 제구가 흔들리다 보니 메츠전에서 보여 줬던 공격

적인 모습도 거의 보이지 않고 있어요!]

　[러셀 마틴 선수, 안 움직이나요? 클린업트리오를 맞기 전에 한번 끊어 가야 할 거 같은데요.]

　호들갑 떠는 해설진과 달리, 조용히 마운드의 코리 클루버를 응시하던 김신이 뇌까렸다.

　'물론 오늘 좀 심각하긴 하지만, 언젠가는 찾아왔을 문제지.'

　오늘의 일은 2012년과 2013년 담금질을 거치고, 2014년부터 날아오를 코리 클루버가 훨씬 일찍 25인 로스터에 합류하면서부터 예정된 것.

　그것을 알기에, 이미 어젯밤 충분한 복선을 깔아 둔 소설가가 독자를 바라보며 눈을 빛냈다.

　'할 수 있어, 클루버.'

　그 순간.

　김신과 함께, 위기를 맞았음에도 여전한 무표정으로 마운드를 지키는 루키를 응시하던 한 남자가 자리를 박차고 일어났다.

　[조 지라디 감독이 더그아웃에서 나옵니다!]

　[그래야죠! 교체하든 안 하든 일단 올라가야죠. 좋은 판단입니다.]

　성큼성큼 마운드로 나아가는 조 지라디 감독의 등.

　그곳에 적힌 27이라는 숫자를 바라보던 김신은 눈을 감았다.

'내리시면 안 됩니다, 감독님.'

[과연 조 지라디 감독이 바로 교체를 진행할까요?]

[아직 주자가 없으니만큼 바로 교체하진 않을 겁니다. 그러나 조금이라도 주자가 쌓이거나 홈런 같은 걸 맞게 되면…… 내리겠죠.]

[5점 차. 양키스 타선을 생각하면 충분히 따라갈 수 있는 점수 차이긴 한데요.]


–내려라, 내려라, 내려라!

–미친 소리 하네. 최소 이번 이닝은 맡기는 게 낫지. 더 길게 맡기면 좋고.

–?? 그랬다가 쟤 작살 남;; 새가슴 장착하면 네가 책임짐?

–ㅋㅋㅋㅋㅋㅋㅋㅋ 이 정도로 새가슴 장착이면 애초에 글러먹은 거지.

–5점이면 충분히 따라갈 수 있다. 경기 끝난 거 아냐.

–어제 이 점수에서 역전 힘들다던 놈들 맞냐? 버릴 경기는 버리자. 2등이랑 차이도 많이 나는데. 야구 오늘만 할 거임?

–뉴비냐? 그때랑 상황이 완전 다르지 ㅋㅋㅋㅋㅋㅋ 5점 리드를 가진 투수가 김신이었는데?

–ㅇㅇ 그리고 방망이도 생각해야지. 김신도 김신인데 방망이도

내셔널스보단 양키스가 훨씬 우위임.

　－지랄 났네. 불펜 소모는 생각 안 하냐?


　팬들이 갑론을박하는 사이, 마운드를 향해 오는 조 지라디의 굳은 표정을 확인한 코리 클루버는 작은 한숨을 내쉬었다.

　"후……."

　표정 변화가 적다고 해서, 어찌 감정까지 없으랴.

　그 속은 오히려 활화산같이 타오르고 있었다.

　'5점…….'

　충분히 막을 수 있던 파국이었다.

　투심의 제구가 평소 같지 않다는 건 이미 연습 투구 때부터 알고 있었으니까.

　그럼에도 일이 이렇게 된 건.

　'내가 뭐라고.'

　그렉 매덕스라는 대투수의 가르침으로 한껏 솟아오른 어깨.

　지난 경기 찬란한 승리의 경험을 답습하고자 했던 안이함.

　그것들이 한데 모여 이룬 그의 어리석은 고집…… 아니, 자만 때문이었다.

　"헤이, 클루버."

　어느새 마운드에 다가온 조 지라디와 말 안 듣는 루키를 묵묵히 바라보는 포수 러셀 마틴을 향해.

코리 클루버는 자책으로 흔들리는 눈빛을 숨기며 고개를 숙였다.

"죄송합니다."

그리고 땅을 향하는 코리 클루버의 시야에, 손 하나가 들어왔다.

그 손의 주인이 내뱉은 말은 간단했지만, 그렇기에 너무나 명확했다.

"공 줘."

감독이 투수에게 공을 요구하는 경우는 오직 하나.

마운드에서 내려가라는 축객령뿐.

'결국……'

눈을 한번 질끈 감은 코리 클루버는 천천히 글러브에서 공을 빼 내, 조 지라디 감독에게 건넸다.

그러나 그가 터덜터덜 발걸음을 옮기려던 찰나.

턱-!

"……?"

"이봐, 루키. 공은 잠시 내려놓고, 저길 좀 보라고."

어깨에 손을 얹은 조 지라디 감독은 코리 클루버의 몸을 끌어당겨 더그아웃을 가리켰다.

그곳에 있는 건.

"뭐가 보이지?"

누군가는 껌을 질겅거리고, 누군가는 팔짱을 끼고, 누군가는 턱을 쓰다듬지만.

모두 똑같은 핀 스프라이트를 입은 건장한 남자들.

양키스 팀원들이었다.

"팀원들이…… 보입니다."

그중 어젯밤 그의 방에 찾아왔던 한 사람.

그의 반짝이는 눈빛과 의미심장한 하얀 미소를 맞이하는 순간.


-왜냐고요? 당연하잖아요. 그레이트 양키스를 위해서죠.


그가 전했던 조언이 코리 클루버의 뇌리를 스치고.

"다시 잘 봐. 그냥 팀원들이 보이나?"

동시에 귓가를 울리는 조 지라디 감독의 질문에, 코리 클루버는 대답했다.

"……뉴욕 양키스가 보입니다."

"그래, 너도, 나도…… 우린 뉴욕 양키스야. 그리고 저기뿐 아니라 지금 네 옆에도, 뒤에도 뉴욕 양키스가 있지."

"……."

"더 말 안 해도 내가 지금 무슨 말 하는지 알겠지?"

그러면서 슬그머니 다시 내민 조 지라디 감독 손에 얹혀 있는 공.

조 지라디의 끄덕임과 함께, 코리 클루버는 그것을 으스러지게 움켜쥐었다.

"좋아, 어깨에 힘 좀 빠졌나? 일단 이번 이닝만 마무리해 봐. 나머지 일은 그러고 나서 생각하자고."

"예."

어깨를 두어 번 두드리고 아무 일 없었다는 듯 더그아웃으로 향하는 조 지라디와 그의 등번호를 바라보며.

'오늘 하퍼 봤잖아요. 변화구만 던져도 돼요. 안 될 이유가 뭐가 있죠?'

그 등번호를 바꾸는 일에 가장 앞장설 한 남자를 떠올린 코리 클루버는, 모자를 깊게 눌러썼다.

'한 타자. 일단 한 타자부터.'

그리고.

[퍼포먼스인가요? 조 지라디 감독, 공을 다시 쥐어 주고 내려갑니다.]

[하하, 네 뒤에는 팀원들이 있다. 이번 이닝만 책임져라. 아마 더그아웃을 가리키면서 이런 말을 한 거 같습니다.]

[과연 그게 효과가 있었을지! 코리 클루버 제1구!]

타석에서 오래 기다린 내셔널스의 3번 타자, 라이언 짐머맨을 향해.

흰색 공이 날았다.

쐐액-!

대각선으로 휘어지는 아름다운 공이.

'그래야지.'

그 궤적에, 그렉 매덕스 사단의 선배가 웃었다.

9회 초.

부우웅—!

"아웃!"

양키스의 마지막 타자 커티스 그랜더슨의 방망이가 시원하게 바람을 가르면서, 치열했던 양키스와 내셔널스의 인터리그 2차전이 끝을 맺었다.

[볼 게임 이즈 오버! 손에 땀을 쥐는 접전 끝에 결국 내셔널스 쪽으로 승부의 추가 기웁니다! 7-6 한 점 차 진땀승!]

[경기 초반에만 해도 이 경기가 여기까지 비벼질 줄은 몰랐는데요. 정말 명경기가 나왔네요.]

승리의 문턱에서 좌절한 아쉬운 패배였지만, 김신의 표정은 전혀 어둡지 않았다.

'역시 사람은 데여 봐야 장갑을 끼는 법.'

양키스의 총실점은 7.

승계 주자 실점까지 포함해 그 모두를 코리 클루버가 기록한 건 맞았다.

하지만 그가 책임진 이닝은.

'그래도 설마 6회까지 던질 줄이야. 과연 멀티 사이 영 위너.'

무려 5와 2/3이닝이었으니까.

투심의 비중을 줄이고 커브와 커터의 비중을 늘리면서.

역설적으로 투심의 위력이 되레 살아났기에 가능했던 일.

[수훈 선수로는 오늘 경기 3안타를 기록한 브라이스 하퍼 선수가 뽑힙니다. 어제의 한을 완벽히 풀어냈어요.]

[그렇습니다만…… 개인적으론 조 지라디 감독을 뽑고 싶은 심정이군요. 2회까지 5실점으로 흔들리던 코리 클루버 선수를 어떻게 다독였는지 꼭 좀 물어보고 싶어요.]

[하하, 집에 가서 인터뷰 내용을 확인하시면 되죠. 기자들이라고 궁금하지 않을 리 없으니까요.]


　-명감독이 명감독 했다.

　-인터뷰 웬만하면 안 보는데 오늘은 꼭 봐야겠다. 진짜 뭐라고 했을지 너무 궁금해.

　-ㅇㅇ 나도. 그래도 예상 가는 건 하나 있음.

　-볼 배합? 그건 당연히 얘기했겠지. 그렇지 않고서야 그런 변화가 말이 안 됨.

　-근데 클루버 얘, 커브가 이렇게 좋았어? 오지던데 ㄷㄷ;

　-괜찮은 건 알았는데 이 정도인 줄은 나도 몰랐네.

　-응, 넌 몰랐지만 조 지라디는 알았어~.


사정을 모르는 우매한 군중은 조 지라디 감독을 찬양했지만, 그것 또한 김신은 아쉽지 않았다.

'이제 거의 다 됐다.'

아무리 김신이 조언을 했다 한들 그렉 매덕스의 지도보다 신빙성 있었을 리는 없고, 그런 그렉 매덕스의 지도조차도 편견을 바꾸기란 어려운 것이 당연지사.

그런데 여러 가지 상황이 맞물려 그게 이뤄진 지금, 코리 클루버의 성적은 물론 어쩌면 양키스의 미래를 바꾸기에도 충분한 변화가 발돋움한 거였으니까.

이번 시즌 양키스의 우승을 향한 마지막 청신호 중 하나가 켜진 거나 다름없었으니까.

'사이 영은 내 거지만…… 어디 한번 덤벼 보라고.'

머지않은 미래 링에 오를 도전자를 환영하며 룰루랄라 퇴근길에 오른 김신은 알지 못했다.


속보! 뉴욕 양키스, 시애틀 매리너스 대형 트레이드 합의!


서쪽 끝에서 수천 마일을 날아 도착한 또 다른 청신호가 그를 기다리고 있을 줄은.

스즈키 이치로, 양키스 합류!

D.J. 미첼, 대니 파쿼 ↔ 스즈키 이치로!

터질 것 같지만 터질 리 없는 유망주 둘을 대가로 내리막 길을 걷는 레전드가 양키스에 합류했다.

문제는 그 레전드가 외야수라는 것.

팬들은 캐시먼의 선택을 쉽사리 받아들이지 못했다.

"이치로라고? 이러면 어떻게 되는 거야?"

"그러게. 우리 외야에 자리 없잖아?"

좌익수 브렛 가드너, 중견수 커티스 그랜더슨, 우익수 추신서.

3할을 치는 준족의 테이블 세터, 공갈포 경향이 있긴 해도 홈런왕 레이스를 펼치고 있는 클린업, 도미넌트한 출루율과 장타력을 가진 3번 타자.

이미 준수한 활약을 펼치고 있는 양키스 외야에 이치로의 자리는 없었으니까.

백업 외야수면 몰라도.

"백업 외야수가 필요한 건 맞긴 한데…… 이건 좀 오버 아냐? 누가 백업이야, 도대체?"

선수들 또한 마찬가지였다.

그러나 양키스의 외야 삼인방이 아무리 잘나가더라도 메이저 역사에 길이 남을 한 시즌 최다 안타의 주인공, 이치로의 이름값은 컸고.

'설마 내가 빠지진 않겠지?'

그로 인해 파생된 위기의식은 세 선수의 방망이에 불을 붙였다.

따악—!

[안타! 또 안타입니다!]

8-3.

방망이의 힘으로 워싱턴 내셔널스와의 인터리그 3연전을 승리로 장식한 양키스.

그들을 향한 캐시먼과 조 지라디 감독의 대답은 간단했다.

[안녕하십니까, 팬 여러분! 터너 필드에서 인사드립니다. 이번엔 홈으로 양키스를 불러들인 브레이브스인데요. 과연 지난 양키 스타디움에서의 스윕 패를 설욕할 수 있을까요? 먼저 양 팀 라인업부터 살펴보시겠습니다. 오늘 양키스 라인업에 주목할 만한 변화가 있죠?]

[네, 그렇습니다. 새로 합류한 스즈키 이치로 선수가 중견수로, 원래 중견수였던 커티스 그랜더슨 선수가 지명타자로 출전했습니다.]

약쟁이 A-rod와 로빈슨 카노가 사라진 자리, 닉 스위셔를 비롯해 몇몇 선수가 로테이션 돌 듯 수행했던 지명타자의 롤을 커티스 그랜더슨에게 부여한 것이다.

'말은 그렇게 했어도 몸값이 얼만데. 백업으로 쓸 수야 있나?'

그럼으로써.

브렛 가드너-스즈키 이치로-추신서로 이어지는 외야.

데릭 지터를 필두로 마크 테세이라와 조시 도널드슨이 단단히 버티는 내야.

닉 스위셔, 에두아르도 누네즈, 제이슨 닉스라는 쓸 만한 백업 자원들까지.

양키스의 막강한 야수진이 완성됐다.

그 효과는, 굉장했다.

따악-!

[커티스 그랜더슨-! 시즌 20호 홈런! 홈런왕 타이틀에 대한 불씨를 다시 지핍니다!]

본디 2012시즌, 43개라는 커리어 최다 홈런을 때려 냈음에도 아쉽게 1개 차이로 홈런왕을 놓쳤던 커티스 그랜더슨.

스즈키 이치로의 합류로 수비 부담을 떨쳐 버린 그의 홈런 포가 그칠 줄 모르고 가동됐으며.

따악-!

[데릭 지터의 선두 타자 안타! 이제는 정말 제2의 전성기라 해도 과언이 아니군요!]

노익장을 발휘하며 전성기급 불방망이를 휘두르는 데릭 지터를 필두로.

예정됐던 부상을 피해 내고, 육체와 경험이 최적의 조화를 이루는 골든 크로스에 무사히 안착한 브렛 가드너와 추신서도 자신들의 실력을 만천하에 뽐냈다.

따악-!

[조시 도널드슨―! 신인왕 경쟁은 아직 끝나지 않았다고 외칩니다!]

루키 조시 도널드슨과 게리 산체스뿐 아니라 새로 팀에 합류한 스즈키 이치로 또한 연일 안타 개수를 갱신해 갔으며.

그들이 드리워 준 우산 효과로 마크 테세이라, 러셀 마틴, 에두아르도 누네즈 등의 타율도 유의미하게 상승했으니.

"뭐야 이거. 2009년에도 이 정도는 아니었잖아?"

"1999년이 생각나는걸."

팬들이 1998년, 1999년, 2000년에 스리핏을 이뤘던 핵 타선을 떠올리는 것도 무리는 아니었다.

반면, 투수진엔 몇 가지 문제가 발생했다.

C.C. 사바시아! 어깨 통증으로 15일 DL!

전성기급은 아니더라도 그럭저럭 1선발급 피칭을 보여 주던 C.C. 사바시아가 DL에 오른 것을 시작으로.

[초구 타…… 어엇!]

빠각―!

"끄아아악―!"

원래 역사처럼, 앤디 페티트가 왼쪽 발목에 강습 타구를 직격당하며 장기 부상자 명단에 이름을 올렸다.

"이런 미친!"

"구로다 히로키도 그러더니, 또야?"

하지만 괜찮았다.

뻐엉-!

[요즘 보면 양키스의 5선발이 리그 최고의 5선발이 아닌가 싶습니다.]

[하하, 확실히 제 역할 이상을 해 주고 있죠.]

6이닝 3실점, 퀄리티 스타트.

6이닝 4실점, 승리투수.

슬러브를 앞세운 코리 클루버가 그들의 빈자리를 빈틈없이 메웠으니까.

애틀랜타 브레이브스와의 원정 3연전, 2승 1패.

뉴욕 메츠와의 원정 3연전, 2승 1패.

클리블랜드 인디언스와의 홈 3연전, 3승 스윕.

시카고 화이트삭스와의 홈 4연전, 3승 1패.

전반기 종료를 정확히 일주일 남긴 7월 1일 밤.

양키스가 받아 든 것은.

78경기 57승 21패.

2위 보스턴 레드삭스를 15승 차이로 따돌린, 압도적인 지구 1위라는 성적표였다.

그리고 동시에, 어떤 명단 하나가 발표되었다.


**별들의 전쟁! 메이저리그 올스타전 최종 명단 발표!**

별들의 전장이라는 메이저리그.

그중에서도 선별된 별 중의 별, 2012년 메이저리그 올스타 명단이.

5월 중순부터 진행되는 팬 투표, 선수 투표, 감독 추천으로 선발되는 메이저리그 올스타.

이번 시즌 무려 118승 페이스라는 무시무시한 성적을 증명하듯이, 양키스에서는 올스타를 대거 배출했다.

그 명단은.

이미 12회 올스타에 선발된 단골손님, 캡틴 데릭 지터.

홈런왕 레이스에 참여 중인 거포, 커티스 그랜더슨.

작은 부상을 입긴 했어도 여전한 양키스 선발진의 기둥, C.C. 사바시아.

원래 역사에서도 선발됐던 세 선수와.

슬라이딩 캐치로 인한 팔꿈치 부상을 피해 낸 양키스의 테이블 세터, 브렛 가드너.

양키스로 트레이드되면서 손가락에 사구를 맞지 않게 된 건강한 추신서.

마지막으로.

김신, 데뷔 시즌 올스타 선발!


아메리칸리그를 지배하고 있는 남자, 김신이었다.

'이 정도로 많이 뽑힐 줄이야.'

로빈슨 카노 등 바이오제네시스 스캔들로 빠진 선수들도 있고, 이미 미래가 많이 바뀌었기에 이전과 다르리란 건 충분히 예상했지만.

한 팀에서 여섯 명이라는 대인원이 선발될 줄은 김신조차도 상상 못한 일이었다.

그러나 반대로 예상…… 아니, 바람이 이루어졌기에 더욱 불타오른 사람들도 있었다.


추신서, 김신. 한국인 투타 동반 MLB 올스타 선발!


-키야~! 주모!

-한국인이라면 양키스 응원해야.

-두 명이나 나가는 건 최초 아니냐?

-타자 출전 자체가 최초임. 김신도 김신이지만 추신서도 진짜 대단한 거.


그리고 그것은 일본의 자랑 다르빗슈 유가 올스타 최후의 2인 투표에까지 올랐으나 결국 최종 탈락하면서 더욱 기세를 더해 갔다.


다르빗슈 유, 결국 올스타 출전 좌절! 최후의 2인 투표에서 탈락해


—ㅋㅋㅋㅋㅋㅋㅋㅋㅋㅋㅋㅋㅋ 꼴좋죠?
—그러게 어딜 김신한테 비벼! 예끼!
—진짜 이런 날이 올 줄이야……. 격세지감 오진다.
—이치로도 또 떨어졌네ㅋㅋㅋ 한국 두 명, 일본 0명 ㅋㅋㅋㅋ
가슴이 웅장해진다.


그렇게 한반도가 술렁이는 사이.
뻐엉—!
[삼진! 필 휴즈, 이 선수 전반기 막판부터 부쩍 좋은 모습을 보이는데요?]
꼭 항의하는 것 같은, 올스타로 선발되지 못한 선수들의 활약으로.
따악—!
[스즈키 이치로! 특유의 빠른 발로 내야 안타를 만들어 냅니다! 이번 경기 3안타!]
템파베이-보스턴으로 이어지는 원정 7연전을 제압한 양키스.

"다음엔 진짜 나도 갈 거야."

"오냐. TV로 잘 보고 있어."

"지면 안 된다? 알지?"

7월 9일 새벽.

게리 산체스의 배웅을 받으며, 김신이 캔자스시티행 비행기에 올랐다.

⊙

올스타전.

전반기의 끝을 알리는 행사이자, 후반기의 시작을 알리는 예포(禮布).

미래의 올스타전은 그 이벤트성에만 충실한, 그야말로 져도 되고 이겨도 되는 경기지만.

2012년의 올스타전은 그렇지 않았다.

이유는 딱 하나.

올스타전의 승자가 월드시리즈 1, 2, 6, 7차전을 홈에서 치른다는 엄청난 어드밴티지를 획득할 수 있었으니까.

"헤이, 가이즈."

올스타전이 열리는 미주리주 캔자스시티.

비행기에서 내리기 직전, 데릭 지터가 양키스의 올스타들을 불러 모았다.

"말 안 해도 알지? 평소대로만 해, 평소대로만. 오케이?"

"예 써, 캡틴."

그러나 브렛 가드너의 단단한 대답에도 안심이 안 되는지 데릭 지터는 눈을 가늘게 뜬 채 큼지막한 덩치들을 둘러보았다.

'사바시아야 몇 번 참가해 봤으니 그렇다 쳐도……'

브렛 가드너, 커티스 그랜더슨, 추신서, 김신.

올스타전에 처음으로 출전하는 가슴 부푼 풋내기들이 넷이나 있었으니, 우려가 되지 않을 수 없었던 것이다.

그래도 경력들이 있으니 긴장해서 실수하는 일은 없겠지만, 들뜬 마음으로 허슬 플레이를 하거나 경기 전후 광란의 파티를 즐기다 무슨 일이 생길 수도 있는 일.

특히 브렛 가드너를 필두로 원래 친하게 지내던 외야 3인방이 한꺼번에 선발된 데다, 커티스 그랜더슨은 홈런더비 출전도 예정돼 있는 상황이었으니.

'올해 데뷔한 킴이 가장 걱정 안 된다니 아이러니군.'

속으로 헛웃음 지은 데릭 지터는 결국 목 끝까지 올라왔던 잔소리를 삼켰다.

"그래, 쉬러 가자고."

"옙!"

떠오르는 아침 해를 맞이하며 각자 예약된 호텔 방으로 입실한 양키스 선수들.

더블헤더를 포함해 보스턴과 전반기 막판 치른 살인적인 4연전과 약 다섯 시간의 비행은 그들을 금세 꿈나라로 인도했다.

그리고 몇 시간이 지난 느지막한 오후.

"가시죠, 선배."

김신이 추신서의 방을 찾았다.

"하암~! 어우, 죽겠다. 넌 안 피곤하냐?"

"저야 어제 쉬었으니까요."

"그래, 그렇지 참. 이럴 때 보면 투수가 편하고 좋단 말이야. 하루 뛰고 휴식, 하루 뛰고 휴식. 알아? 나도 왕년엔 투수였어."

"압니다. 그래서 보살도 자주 하시지 않습니까. 항상 감사하게 생각하고 있습니다."

"자식, 한 번도 못 받아 봤으면서 아부하기는. 어쨌든 슬슬 가 보자. 어디랬지?"

"일단 호텔 로비에서 만나는 걸로 알고 있습니다."

투수는 전대미문의 성적을 쓰더니 데뷔 시즌 올스타팀에 선발되고, 타자는 한국인 최초로 올스타전에 출전하는데 심지어 그 둘이 같은 팀이다.

메이저리그를 독점 중계하는 방송사에서 가만있을 리 만무한 일.

"아, 여기예요! 추신서 선수, 김신 선수!"

MBS SPORT+ 원병훈 국장의 신신당부를 받은 PD와 아나운서의 표정이 결연해졌다.

"먼저 올스타에 선발되신 거, 한국 팬들을 대표해 진심으로 축하드립니다."

"감사합니다."

호텔 내부에 마련된 인터뷰장에서 평이하게 시작됐던 인터뷰.

어느 정도 분위기가 무르익었다 판단한 PD의 신호에, 아나운서의 입에서 요즘 메이저리그와 한국을 진동시키는 가장 큰 화제가 튀어나왔다.

"김신 선수, 전반기를 무려 전승으로 마무리하셨는데요. 미국뿐 아니라 한국에서도 극찬이 이어지고 있어요. 이에 대해 소감 한 말씀 부탁드립니다."

16경기 15승 0패. ERA 0.94.

전반기 전승을 거둔 불패의 투수가 씨익 미소 지었다.

완벽할 수 없는 존재이기 때문일까.

인간은 완벽함을 추구하며, 동시에 경배한다.

야구에서도 그건 마찬가지여서.

퍼펙트게임은 수많은 마일스톤 중에서도 정점으로 평가받

으며.

고작 3개의 아웃 카운트만 완벽하게 잡아도 무결점 이닝이라 떠받든다.

그런데 심지어 기록지에 패배가 하나도 없는 투수가 있다면 어떨까?

비록 그것이 짧은 기간일지라도, 커리어 전체에서 패하지 않은 투수가 있다면?

천에 하나, 만에 하나의 경우에…… 한 시즌 내내 패배를 경험한 적이 없는 투수가 있다면?

"팀원들의 도움이 있었기에 가능했던 기록이라 생각합니다. 실제로 디트로이트전에서 옆에 있는 추신서 선배가 없었다면 이런 기록은 불가능했겠죠."

부담스럽게 눈을 빛내 오는 아나운서에게 내놓았던 상투적이지만 진실된 대답.

그것을 떠올리며 김신 또한 '완벽함'이란 마성의 단어가 전하는 울림을 음미했다.

'못할 건 없지.'

그리고 고개를 들어, 호텔 천장이 가리고 있는 드높은 창공을 응시했다.

'다나카 마사히로도 했는데.'

승리 없는 기록은 의미가 없다.

하지만 그 기록이 승리를 쌓아 올려 만들어지는 것이라면.

사람들은 불가능하다 생각하지만, 되살아난 악의 제국을 등에 업은 단 한 사람에게는 불가능하지 않은 기록이라면.

잡지 않을 이유가 없지 않은가.

꽈악—!

적당히 말아 쥔 주먹에 무심코 힘이 들어갈 찰나.

우우웅—!

몰입을 깨뜨리는 스마트폰의 진동음과 함께.

"아 참, 이럴 때가 아니지."

메이저리그의 미래라 불리는 남자가 자리에서 일어났다.

또 다른 방향의 미래를 향해.

홈런더비.

올스타전의 전야제로서, 메이저리그의 내로라하는 강타자들이 모여 누가 최고의 홈런 타자인가를 겨루는 이벤트.

캔자스시티의 홈구장, 카우프만 스타디움은 1년에 단 한 번뿐인 빅 이벤트를 구경하기 위한 관중들로 인산인해를 이루었다.

그 수많은 사람의 파도 속 어딘가.

"정말 괜찮아?"

"그럼. 문제없다니까."

"그래도…… 저기 내려가 있어야 하는 거잖아, 원래."

깊게 눌러쓴 모자와 선글라스로 외모를 가린 건장한 청년과 찬란한 금발을 자랑하는 미녀 커플이 한 자리를 차지하고 있었다.

"진짜 괜찮아. 여기가 뉴욕도 아니고. 못 알아본다니까."

바로 김신과 캐서린 아르민.

각자의 일로 바빠 여행다운 여행도 즐기지 못한 두 남녀가 짜릿한 밀월 데이트를 즐기고자 숨어 든 것이었다.

김신의 호언장담대로 호명되는 선수들과 스크린만을 바라보는 팬들의 모습에 마음을 놓은 건지, 캐서린은 안도의 한숨을 내쉬며 김신의 손을 잡았다.

"고마워. 나 정말 올스타전 직관 처음이야."

"뭘. 여태 안 보고 뭐 했어."

"같이 올 사람이 없어서."

"하하, 이제 매년 보러 오면 되겠네."

선수 김신이 아니라 인간 김신으로서의 미래가 밝아져 오는 것을 느끼며, 김신이 마주 잡은 캐서린의 손에 힘을 줄 무렵.

[캡틴 오브 아메리칸리그. 토론토 블루제이스, 호세-! 바티스타-!]

"오, 시작하나 봐!"

선수들의 호명과 함께 홈런더비의 막이 올랐다.

몰랑몰랑한 분위기가 언제였냐는 듯 곧바로 그라운드를

향해 고개를 돌리는 캐서린.

'못 말린다니까.'

피식 웃은 김신은 그녀를 따라 약쟁이가 사라진 청정 구역을 눈에 담았다.

[아메리칸리그, 뉴욕 양키스, 커티스 그랜더슨—!]

이벤트전이라곤 하나 큰 상금이 걸린 데다 개인의 영예까지 따라오는 상황.

극단적인 홈런 스윙에 본래 타격 폼이 흐트러진다는 속설 따위는 머릿속에서 지워 버린 여덟 명의 타자들이 연신 방망이를 휘돌렸다.

따악—!

[라이트 필드! 담장— 넘어갑니다—!]

"역시 그랜더슨—! 날려 버려!"

누가 양키스 팬 아니랄까 봐 로빈슨 카노 대신 출전하게 된 커티스 그랜더슨의 시원한 타구에 열렬한 환호를 보내는 캐서린 아르민.

'1개도 못 쳤던 머저리보단 당연히 나아야지.'

이제는 사라져 버린, 자신만이 알고 있던 약쟁이의 처참한 결과를 곱씹으면서.

따악—!

[이번엔 좌측! 높은 포물선…… 결국 넘기지 못합니다!]

김신 또한 내일 경기의 부담을 내려놓고 환호하는 연인의 얼굴과 하늘 높이 뻗어 가는 홈런 볼들을 순수하게 즐겼다.

그러나 2라운드, 준결승에 오른 커티스 그랜더슨의 마지막 스윙에서 이변이 발생했다.

따악-!

얄궂게도 커티스 그랜더슨이 통타한 공이 단란한 한때를 즐기던 커플에게로 날아든 것이다.

"어어?"

그리고.

생각의 속도보다 빠르게 움직인 김신의 왼손이 쓰고 있던 모자를 벗어 내민 것과.

쏘옥-!

그 격렬한 움직임에 얼굴 절반을 가리던 커다란 선글라스가 흘러내린 것.

글러브처럼 내민 야구모자 안으로 홈런 볼이 파고든 것.

그 모든 장면을 카메라가 줌인한 것은 모두.

한순간이었다.

[하하, 듬직한 남자 친구네요. 모자를 마치 글러브처럼 활용해 홈런 볼을 낚아챘습니다.]

홈런더비라는 이벤트전을 더욱 맛깔스럽게 해 주는 흔하디흔한 해프닝으로 여긴 해설 위원들은 곧장 다음 순번인 프린스 필더에 주목했으나.

[커티스 그랜더슨 선수가 8개를 때려 내면서 총 13개. 일단은 선두에

오릅니다. 다음은 프린스 필더 선수. 1라운드에서 5개의 홈런을 때렸는데요. 현재로선 최소 7개는 더 쳐야 결승 진출이 가능합니다.]

[그렇습니다. 물론 1라운드에서 무려 11개의 공을 담장 너머로 날려 보냈던 호세 바티스타 선수가 침묵한다는 전제하에서요.]

[하하, 끝날 때까지 끝난 게 아니…… 잠깐, 설마 김신 선수인가요? 지금 스크린에 보이는 게 김신 선수가 맞나요?]

프린스 필더를 잡는 대신, 줌인을 풀지 않고 집요하게 관중석을 비춘 카메라 감독의 노고 덕에.

[와우! 킴! 정말 킴 선수인가요?]

[하하, 맞는 거 같은데요?]

김신과 캐서린의 비밀 데이트가 만천하에 드러났다.

　　　　　　　　　　　　�♡

　다음 날.
　김신은 화제의 중심에 섰다.

　　김신, 금발 미녀 여친과 달콤한 비밀 데이트 발각!

　대형 스크린에 걸렸던 그의 얼굴을 대문짝만 하게 실은 기사를 시작으로.
　"내가 우승했어야 스토리가 완성인데. 미안하다, 킴."

"……아닙니다, 미스터 그랜더슨. 고생하셨어요."

"어제 여자 친구랑 노느라 힘 다 뺀 거 아냐? 오늘 잘 던질 수 있겠어?"

"……아닙니다. 충분합니다."

카우프만 스타디움으로 향하는 버스 안에서는 홈런더비 결승에서 아쉽게 패해 2위에 머문 커티스 그랜더슨에게 시달렸으며.

"이게 누구야. 킴 아냐?"

클럽하우스에서는 브렛 가드너를 필두로 다가온.

홈런더비 우승자 프린스 필더, 김신을 강판시켰던 강타자 미겔 카브레라, 그와 명품 투수전을 펼쳤던 펠릭스 에르난데스, 금강벌괴 저스틴 벌랜더 등 쟁쟁한 선수들의 주목을 독차지했다.

"이번엔 같은 팀이네. 잘 부탁해. 아, 여자 친구 친구분들도 예쁘셔?"

심지어 그 진중하기로 소문 난 마이크 트라웃까지 수줍게 그를 놀려 댔으니.

"얘기해 볼게."

김신의 '특별한 루틴'이 120% 충족됐음은 말할 것도 없는 일.

'이게 또 이렇게 되네.'

물론 1년 차 주제에 개별 행동을 취한 김신을 아니꼽게 보는 시선도 만만치 않게 존재했으나.

'건방진 루키 자식이……'

그것은 오히려 호재(好材)였다.

'검은 고양이든 흰 고양이든 쥐만 잘 잡으면 되지.'

디트로이트, 에인절스, 오클랜드, 그리고 양키스.

지구 우승 또는 포스트 시즌이 가시권에 있는 팀에서 뛰지 않는 다른 선수들, 올스타전의 승패에 그다지 비중을 두지 않는 선수들 중 일부가 호승심을 가지게 되었으니까.

'악감정이야…… 어차피 적인데, 뭐.'

김신이 익숙한 시기의 눈빛을 기꺼이 받아들이는 사이.

"다 모였나, 제군들!"

체구는 왜소하나 숨길 수 없는 카리스마를 목소리에 담은 중년 흑인 하나가 클럽하우스 문을 박차고 들어왔다.

"좋아! 눈빛들이 아주 살아 있구먼! 작년하곤 차원이 달라! 누가 주사기 좀 돌렸나?"

"감독님!"

"알아, 알아. 조크 모르나?"

아메리칸리그 최고의 3루수로 뽑힌 아드리안 벨트레의 기함을 손짓 하나로 가벼이 받아넘기는 그의 이름은 론 워싱턴.

바로 직전 2010년과 2011년.

텍사스 레인저스를 두 번이나 월드시리즈에 올려놓은 남

자였다.

"흐음…… 좋아, 좋아."

우연찮게 만들어진 기세에 만족스러운 웃음을 흘린 론 워싱턴은 천천히 목소리를 높였다.

"3-1, 5-1. 이게 뭔지 아는 사람 있나?"

"……."

"없어? 정말로 없다고?"

마치 모노드라마 배우처럼 분위기를 휘어잡는 그 아우라에 누군지 모를 조용한 답변이 흘러나왔다.

"지난 올스타전 전적입니다."

그 소리가 들린 즉시, 론 워싱턴은 과장되게 손을 흔들었다.

"그래! 재작년과 작년 너희가 저 고리타분한 샌님들한테 두들겨 맞은 기록이다!"

"……."

"근데 설마 올해도 또 두들겨 맞고 싶은 머저리가 있나? 어! 있냐고!"

"없습니다!"

반사적으로 튀어나온 선수들의 외침에 씨익 웃은 론 워싱턴이 클럽하우스 문을 가리켰다.

"그럼 뭐 하고 있나? 가서 그 앞뒤 꽉 막힌 내셔널리그 샌님들을 그라운드에 때려눕혀!"

"렛츠 고-!"

우르르 몰려 나가는 선수들 사이.

92번이라는 등 번호를 응시하는 론 워싱턴 감독의 눈이 빛났다.

7월 10일 18시 30분.

잠들기 싫다며 고개를 젓는 어린아이의 마지막 칭얼거림처럼.

빨간 해가 경기장 서편에 걸린 시간.

"와아아아아-!"

미 국가 제창에 이은 공군 곡예비행팀, 선더버드의 화려한 축하 공연이 끝난 뒤.

[웰컴 투 더 미드 섬머 클래식! 여기는 카우프만 스타디움입니다!]

1회 초 수비를 위해 아메리칸 올스타들이 그라운드로 뛰쳐나왔다.

[먼저 다시 한번 내셔널리그 라인업에 대해 설명드리겠습니다. 토니 라 루사 감독이 1번 타자부터 지명타자를 내세웠습니다. 콜로라도 로키스 타선의 핵이죠. 2010년 골드글러브, 실버슬러거, 타격왕을 석권한……]

그리고 알록달록한 유니폼이 가득 채운 적진을 향해, 자신만만한 한 사나이가 방망이를 겨눴다.

[나우 배팅, 콜로라도 로키스 넘버 5. 카를로스– 곤잘레스!]

장갑을 동여매며 마운드에 선 대적자를 응시하는 남자.

콜로라도 로키스의 프랜차이즈 스타, 카를로스 곤잘레스.

그에게 게리 산체스를 압도적인 표 차로 누른 베테랑 포수, 마이크 나폴리의 트래시 토크가 날아들었다.

"헤이, 루키. 긴장돼?"

"……."

올해 처음으로 올스타전에 출전하긴 하나 나름대로 메이저 4년 차.

카를로스 곤잘레스는 그 말을 한 귀로 흘리며 경기에 집중하고자 했으나.

"처음인데 이왕이면 좋은 공 좀 주고 싶지만…… 아쉽게도 우리 쪽 루키가 영 그럴 마음이 없어서 말이야. 미안하게 됐다. 좋게 좋게 가면 좋을 텐데. 그치?"

첫 번째 공이 눈앞을 스쳐 지나가는 순간부터, 표정에 가기 시작한 균열을 막을 순 없었다.

뻐엉–!

쟁쟁한 마운드의 지배자들 중 단연코 첫손가락.

유일하게 2이닝 이상을 허락받은 아메리칸 올스타의 선발 투수는.

[102마일! 경기장을 찾은 팬들에게 확실한 보답을 합니다!]

등 뒤에 자신의 출생연도를 새긴 핀스트라이프.

뻐엉-!

김신이었다.

필멸자의 몸부림

　지옥의 알동.

　메이저리그 관련 기사를 보다 보면 심심치 않게 볼 수 있는 표현이다.

　풀어서 얘기하자면 아메리칸리그 동부 지구가 그 어떤 메이저리그 지구보다 경쟁이 치열하고, 힘들다는 것을 의미한다.

　그 표현의 유래에는 아메리칸리그 동부 지구에 뉴욕 양키스와 보스턴 레드삭스로 대표되는 전통의 강호가 존재한다는 것도 있지만.

　지명타자 제도를 통해 강해진 타선과 그 타선을 상대하며 더욱 높아진 투수의 수준도 큰 영향을 끼쳤다 할 수 있는데……

"그래 봐야 올스타전 상대 전적은 내셔널리그가 우위잖아?"

2012년 현재, 아이러니하게도 올스타전 상대 전적은 42 : 2 : 38.

투수 타석으로 한 타석을 소모한다는 고리타분한 전통을 준수하는 내셔널리그가 유의미한 우위를 점하고 있다.

심지어 2012년 올스타전의 결과는 8 : 0.

내셔널리그의 3년 연속 승리이자, 아메리칸리그의 치욕을 상징하는 영봉패.

야구는 팀 게임이고, 패배를 누구의 책임이라 하기 어려운 건 사실이지만 2012년 올스타전 아메리칸리그의 패배에는 도저히 그 책임을 회피할 수 없는 인물이 있다.

2011년 사이 영을 수상하며 리그 최고의 투수라 불리던 저스틴 벌랜더.

영광스러운 올스타전 선발투수로 당당하게 나섰던 그가 1회에만 5실점을 하며 무너져 내렸던 것이다.

그러나 오늘.

아메리칸리그의 선발투수는 저스틴 벌랜더가 아니라.

부우웅—!

"아웃!"

그 존재 자체만으로도 미래를 바꾸는 남자였다.

[스윙 앤 어 미스! 오직 패스트볼만으로 삼진을 수확해 내는 김신 선

수입니다. 102마일, 101마일, 그리고 다시 한 번 102마일! 무시무시한 투구예요!]

[양키스에게 신이 내려 준 선물이죠. 16경기에 나와 15승. 185개의 탈삼진을 잡았고 방어율은 무려 0.94입니다. 믿을 수 없는 성적이에요. 외계인 이후 최고의 시즌을 보내고 있는 것 같습니다.]

[하하, 오늘은 같은 편이지만 데이비드 오티즈의 마음이 편치 않겠어요.]

칼같이 제구 되는 100마일, 아니, 100마일을 상회하는 포심 패스트볼.

별다른 기교 따위 섞지 않아도, 힘만으로도 메이저 최고의 마구라 불릴 만한 구종.

그 구종에 속수무책으로 무너진 산 사나이가 타석을 떠나는 모습에 양 팀 더그아웃이 술렁거렸다.

"헤이, 라이트. 저걸 9회까지 던진다고?"

"어. 말했잖아, 진짜 괴물이라고. 저것만 있으면 다행이지."

"홀리……."

영상과 기사로만 접하던 불가사의한 투수를 직접 목도한 내셔널리그 타자들은 그를 상대해 본 메츠의 심장, 데이비드 라이트의 확언에 입을 벌렸고.

'젠장, 어째 점점 더 성장하는 것 같지?'

'저걸 또 만나야 한다니…….'

이미 김신이 어떤 투수인지 온몸으로 체험했던 아메리칸 리그 타자들은 머지않은 미래 타석에 설 본인을 상상하며 미간을 찌푸렸다.

그 사이 내셔널리그 올스타의 두 번째 타자가 타석에 섰다.

[원 아웃 주자 없는 상황. 중견수 앤드류 맥커친을 상대하겠습니다.]

[오늘 그라운드에 설 모든 선수가 그렇겠지만, 피츠버그 파이어리츠 구단이 애지중지하는 기대주입니다. 올해 6년 5,150만 달러짜리 계약서에 사인한 이래 커리어하이급 성적을 보여 주고 있죠]

[네. 피츠버그에서는 본즈의 재림이라는 이야기가 공공연히 돈다더군요.]

[그럴 만하죠. 타율 3할 7푼에 OPS 0할. MVP 얘기까지 나오는 타자니까요.]

[그런 선수를 상대로 김신 투수가 어떤 모습을 보여 줄지! 아마 오른손으로 던지겠죠?]

[그렇지 않겠습니까? 정규 경기보다 훨씬 적은 이닝을 소화하는 만큼 아낄 필요가 없죠.]

허나 김신의 선택은 예상과 달랐다.

[앗! 김신 선수, 계속해서 좌완으로 투구하려는 것 같습니다!]

[의외군요.]

해설자들의 갸웃거림에는 아랑곳없이, 김신은 자세를 잡았다.

김신이 스위치피처로서 좌우 놀이에 최적화된 건 맞지만 그렇다고 그가 모든 우타자 타석에 우완으로 승부하는 건 절대 아니다.

아무리 타자가 같은 손 투수에게 약하다고는 하나 최소 6이닝, 길면 9이닝이라는 긴 시간 동안 서너 번의 승부를 치르다 보면 자연스레 공에 익숙해지게 마련이니까.

즉, 그때그때 상황에 따라 다르긴 하지만 김신이 우타자를 좌완으로 상대하는 건 왕왕 있는 일이다.

애초부터 왼손잡이이기도 하거니와 100마일이라는 속도가 주는 파괴력은 우타자든 좌타자든 같으니, 어찌 보면 자연한 일.

그러나 그건 정규 경기였을 때의 이야기고.

이벤트전인 올스타전의 특성상, 소화해야 할 이닝이 고작 두 번뿐인 제한된 상황에서.

앤드류 맥커친이라는 걸출한, 하지만 김신의 우완 언더핸드를 처음 상대하는 우타자를 상대로 그가 왼손을 고수한 것은 일견 의아해할 만한 선택임에 틀림없었다.

거기까지 생각이 닿았던 것일까.

"흥."

앤드류 맥커친은 자신을 만만하게 본다고 여겼는지 코웃

음을 치며 타석에서 의지를 불태웠지만.

'이거 서운하네. 어찌 보면 내 덕에 그 자리에 서 있는 건데 말이야.'

김신이 역사보다 훨씬 일찍 터뜨린 바이오 제네시스 스캔들의 영향으로, 멜키 카브레라 대신 올라올 수 있었던 수혜자 앤드류 맥커친.

그의 배은망덕한 모습에도 김신은 그저 웃을 뿐이었다.

'어디 한번 쳐 보라고.'

다음 순간, 김신의 왼손에서 흰색 선이 뻗어 나오고.

앤드류 맥커친의 방망이는 그의 의지를 대변하듯 벼락처럼 휘둘렸지만.

따악-!

[1루 쪽…… 벗어납니다! 파울! 이번에는 101마일! 김신 선수, 4구 연속으로 100마일을 상회하는 공을 던지고 있습니다.]

[애초에 평균 구속이 99마일 수준이긴 하지만…… 확실히 이 악물고 던진다는 느낌이 있네요. 올스타전이라 그런가요?]

[그러고 보니 김신 선수도 루키였죠? 충분히 그럴 수 있을 거 같습니다.]

[하하, 어찌 됐든 관중들은 눈호강이네요. 리그 최고의 투수가 리그 최고의 타자들과 힘 대 힘의 진검승부를 펼치고 있으니까요.]

"오늘 킴이 독기를 품었는데?"

"그러게 말이야. 아까부터 미트 소리가 무슨 천둥이 치는 것 같더라고."

물론 해설 위원과 관중들의 말대로 김신이 전력, 그 이상으로 던지고 있는 건 맞았다.

그러나 사이 영을 3회나 석권해 본 베테랑이 고작 올스타전에 들떠서 그럴 리는 만무한 법.

김신의 역투에 이바지하고 있는 것은 그의 특별한 루틴을 충족시켜 최상의 컨디션을 선사해 준 세인(世人)들의 반응과.

"흐읍-!"

뻐엉-!

[바깥쪽 볼. 그러나 구속은 102마일이 찍혔습니다!]

[김신 선수가 지금까지 5구를 던졌거든요? 근데 그게 다 패스트볼입니다. 이건 뭐 칠 테면 쳐 봐라 이건가요?]

[그건 또 아닌 게. 로케이션을 보면 절묘하게 코너를 찌르고 있습니다. 이번 공도 아쉽게 벗어났어요.]

승리에 대한 부담을 한 꺼풀 내려놓을 수 있는 올스타전의 특수성 그 자체였다.

물론 올스타전 승리가 월드시리즈에서의 홈 어드밴티지를 가져다주는 건 맞다.

하지만 김신이 책임질 수 있는 건 고작 2이닝.

원역사에서 저스틴 벌랜더의 5실점을 제외하더라도 3회 3실점에 더불어 9회까지 0득점이라는 빈타에 허덕이던 아메리칸리그 올스타가 승리할 확률은 객관적으로 절대 높다고 할 수 없었다.

그리고.

'홈 어드밴티지? 있으면 좋지만 없어도 뭐……'

월드시리즈 같은 단기전에서 초반 기선 제압이 얼마나 중요한지, 실제로 홈 어드밴티지를 획득한 팀이 얼마나 높은 비율로 트로피를 거머쥐는지 등.

시리즈 시작인 1, 2차전과 끝인 6, 7차전을 홈에서 치르는 이득이 어떠한지는 굳이 구구절절 논할 필요도 없이 막대하지만.

'홈이든 원정이든, 어차피 1차전 선발투수는 나다.'

홈이냐 원정이냐가 아닌, 본인의 존재로서 승리를 담보하고자 하는 사내에게.

'반드시 이겨야 하는 건 똑같아.'

역설적으로, 올스타전의 승리는 별로 중요치 않았다.

[김신 선수, 제3구!]

그러므로 김신은 스스로 겹겹이 입고 있던 승리에 대한 부담이라는 옷을 몇 꺼풀 벗어 던질 수 있었고.

그곳에서 고개를 내민 것은.

뻐엉-!

"스트라이크!"

[몸 쪽 하이 패스트볼! 앤드류 맥커친 선수가 크게 허리를 젖힙니다.]

[이번에도 100마일이군요. 멀리서 봐도 살벌한데 앤드류 맥커친 선수

는 정말 간담이 서늘했겠어요.]

　[하지만 존에 정확히 걸쳤습니다. 1-2! 유리한 고지를 점하는 김신 선수!]

　흉성(凶性)이 짙게 흘러나오는 눈동자를 가진.

　가로막는 건 그 무엇이든 부수고 지나갈 듯한 야수였다.

　'칠 테면 쳐 봐라.'

　그라운드에 김신의 포효가 널리 울려 퍼졌다.

　뻐엉-!

　"아웃!"

●

　앤드류 맥커친이 삼진으로 물러난 뒤.

　그 자리를 채운 것은 마찬가지로 바이오 제네시스 스캔들 덕에 올스타전 주전으로 발돋움한 세인트루이스 카디널스의 좌익수, 맷 홀리데이였다.

　그리고 역시 앤드류 맥커친과 같은 우타자인 맷 홀리데이에게 김신은 똑같은 패턴으로 응수했다.

　패스트볼만으로.

　따악-!

　[배트 부러집니다! 타구는 유격수 정면! 데릭 지터 가볍게 잡아 1루로…… 아웃! 팀의 캡틴이 직접 마지막 카운트를 해결해 줍니다!]

[참 대단한 선수예요. 단 10구, 오직 패스트볼만으로 1회 초를 마무리 하다니요.]

[100마일을 넘지 않은 공이 하나도 없습니다. 정말 놀라운 피칭입니다.]

과정은 조금 달랐으되, 결국 압도적인 구위로 만들어 낸 삼자범퇴.

멀리 떨어진 뉴욕에서 카우치 포테이토가 되어 TV로 그 모습을 지켜보던 게리 산체스가 고개를 절레절레 저었다.

"쩝쩝. 하여간 지독한 놈이야. 주목받지 않으면 못 견디기라도 하나? 홈런더비에서 찍힌 것도 의도한 거 아냐?"

홈런더비 관중석에서 우연히 포착된 것, 올스타전에서 갑작스레 피칭 레퍼토리를 바꿔 패스트볼만으로 타자를 찍어누르는 퍼포먼스.

무패의 투수라는 김신 본연의 성적과 합쳐진 그것들이 만들어 내는 스타성이 카우프만 스타디움을 떨어 올리는 것을, 게리 산체스가 가진 동족의 감이 날카롭게 캐치한 것이었다.

하지만 그것도 잠시.

아메리칸리그 올스타 주전 포수로 선정된 마이크 나폴리의 소개를 집중해서 듣던 게리 산체스의 복부가 신호를 보내왔다.

"으윽, 너무 먹었나……?"

심상치 않은 기색에 황급히 화장실로 달려간 게리 산체스.

"끄으응."

그가 얼추 뒷정리를 마무리해 갈 무렵.

따악—!

"우와아아아아—!"

호텔의 뛰어난 방음 설비를 뚫고 우레와 같은 환호성이 울려 퍼졌다.

"뭐야? 무슨 일이야?"

급히 볼일을 보러 가느라 스마트폰도 챙기지 않았던 게리 산체스가 헐레벌떡 TV 앞에 도착했을 때, 그의 눈에 비친 것은.

얼마 전까지 화면을 가득 메우던 김신의 그것과 똑같은 핀 스프라이트였다.

그 주인은.

"하긴, 캡틴도 만만치 않지."

최후의 메이저리그 출신 전국구 스타라 불리는 불후의 별.

[데릭— 지터! 양키스의 진정한 스타가 누구인지를 보여 주는 것만 같군요! 좌측 담장을 살짝 넘기는 솔로 포!]

전혀 기대하지 않았던 득점 지원에 김신의 눈이 번뜩 뜨일 찰나.

그때부터였다.

따악—!

아메리칸리그의 별들이 제각기 빛을 뿜어내기 시작한 것은.

카우프만 스타디움.

캔자스시티 로열스의 홈구장인 이 구장은 파크 팩터로 따지면 항상 뒤에서 다섯 손가락 안에 들 정도로 투수 친화적인 구장이다.

정반대 위치에서 노는 양키 스타디움과는 천양지차인 곳.

그런 곳에서 때려 낸 데릭 지터의 홈런은 김신을 놀라게 하기에 충분했다.

'과연 캡틴.'

그의 퍼펙트를 지켜 준, 인정하지 않을 수 없는 캡틴이 그라운드에서 내뿜는 찬란함에 김신은 고개를 끄덕였다.

데릭 지터라면 미래를 바꾸기에 충분한 능력을 지녔다고.

그러나 김신의 끄덕임은 너무 빨랐다.

그건 겨우 시작이었으니까.

뻐엉-!

[볼넷! 이안 킨슬러, 끈질긴 승부 끝에 기어코 1루 베이스를 밟습니다!]

[작년 개인 통산 두 번째 30-30을 달성한 텍사스의 호타준족이죠. 투수 입장에선 저런 선수가 베이스에 나가기만 해도 뒤통수가 간질간질할 겁니다.]

어이없게 파울 플라이 아웃으로 물러났던 로빈슨 카노와 달리, 신중하게 공을 고른 이안 킨슬러는 내셔널리그 올스타의 선발투수 맷 케인에게 8구나 소모하게 하며 1루를 강탈했고.

[나우 배팅, 텍사스 레인저스 넘버 32. 조시 해밀턴!]

마약 중독에서 벗어나 화려하게 데뷔한 이래.

1경기 4홈런을 때려 내는 등 진한 휴먼 스토리를 작성하며 11,073,744표라는, 올스타전 사상 최다 득표수를 기록한 조시 해밀턴은.

따악-!

[큽니다! 우측 담장! 우측 담장…… 넘어갑니다! 데릭 지터와 정확히 반대 코스로 담장을 넘겨 버리는 조시 해밀턴! 아메리칸리그가 홈런 두 방으로 훌쩍 앞서 나갑니다!]

[완전히 기세가 올랐어요! 오늘 내셔널리그가 많이 힘들겠는데요?]

워닝 트랙 앞에서 잡히는 큼지막한 외야플라이가 아닌, 홈런을 때려 냈다.

따악-!

[라인드라이브 베이스 힛! 여유롭게 서서 2루에 들어가는 호세 바티스타!]

거기에 삼진과 범타로 물러났던 호세 바티스타, 프린스 필더, 아드리안 벨트레까지 발 맞춰 신들린 양 맷 케인을 두들겨 댔으니.

따악-!

[이 공이 좌중간을 가릅니다! 3루 주자 홈인, 1루 주자도 홈으로 쇄도! 홈에서…… 세이프입니다! 순식간에 두 점을 추가하는 아메리칸리그!]

[맷 케인 선수가 많이 흔들리네요. 방금은 명백한 실투였습니다. 밋밋한 커브가 한복판으로 들어갔어요. 아드리안 벨트레 선수가 그런 걸 놓칠 리가 없죠.]

[그렇습니다! 고전하고 있는 맷 케인! 다음 타자는 보스턴 레드삭스의 영웅, 빅 파피 데이비드 오티즈입니다!]

한 달 전, 샌프란시스코 자이언츠 구단 최초이자 김신에 이은 메이저 22번째 퍼펙트게임을 기록한 투수라는 것이 믿기지 않는 맷 케인의 몰락이었다.

하지만 아무리 투수가 흔들리더라도 야구는 무한정 지속되지 않는다.

인플레이로 이어졌다고 해도, 약 30%의 타구는 누군가의 손에 잡히게 마련.

따악—!

[쳤습니다! 잘 맞은 타구! 우중간을…… 오 마이 갓! 앤드류 맥커친! 앤드류 맥커친의 눈부신 다이빙!]

2012년 커리어에 단 하나뿐인 골드글러브를 획득할 남자의 수비가 맷 케인의 흔들림을 멈추었다.

"휴우……."

간신히 정신을 차린 맷 케인은 다음 타자인 마이크 나폴리에게서 1루 땅볼을 생산해 냈고.

따악—!

[1루 쪽! 조이 보토 잡아서 2루 송구! 댄 어글라, 2루 밟고 다시 1루

로- 아웃입니다! 조이 보토의 환상적인 판단!]

다시 팀원의 도움을 얻어 힘겹게 이닝을 끝마칠 수 있었다.

[아메리칸리그 올스타의 1회 말 공격이 5-0으로 마무리됩니다!]

그러나 이미 벌어진 점수를 어찌할 수는 없는 일.

5-0.

그야말로 역사와 완벽하게 반전된 결과에 김신의 입가에 헛웃음이 떠올랐다.

'거참…….'

지금 펼쳐지고 있는 반전 드라마의 원인이라 할 만한 건 하나밖에 없었으니까.

담장 앞까지는 날려 보냈지만 결국 워닝 트랙에서 잡히고 말았던 조시 해밀턴의 외야플라이가 홈런이 될 수 있도록.

삼진으로 물러났던 호세 바티스타가, 평범한 외야플라이를 치고 맥없이 더그아웃으로 돌아가야 했던 프린스 필더가 베이스를 밟을 수 있도록.

'아주 조금' 육체에 힘을 불어 넣어 준 그것.

'다들 가오가 있다 이건가.'

그건 바로 승부욕, 혹은 투쟁심이라 부르는.

현재 그라운드에 자리한 남자들이 누구보다 강하게 가지고 있는 욕망이었다.

본디 사람의 욕망이란 세월이 흐를수록 풍화되게 마련이다.

품은 욕망을 실현할 수 있는 능력을 가진 사람은 그야말로 한 줌에 불과한 법이고, 이루지 못한 욕망은 다른 감정으로 변질돼 잠겨 가는 게 자연스러운 수순이니까.

하지만 오늘 카우프만 스타디움에 모인 남자들은 자신의 능력으로 욕망을 수도 없이 실현해 본 정복자들이었고.

그렇기에 그들의 투쟁심은 아직도 어린아이처럼 활활 불타오르고 있었다.

그리고 그 감정을 촉발시킨 인물은 두말할 것 없이.

'다 어린애들이라니까.'

김신이라는 전대미문의 투수였다.

'뭐, 나도 그렇지만.'

격렬하게 열기를 뿜어내는 불꽃에 장작을 집어넣기 위해.

그 불꽃을 바라보는 어린아이들에게 어른이 되어 가는 경험 한 조각을 선사하기 위해.

[오래 기다리셨습니다! 경기는 이제 2회 초로 갑니다!]

마운드의 주인이 제자리에 우뚝 섰다.

2회 초.

내셔널리그의 선두 타자는 바로 직전 1회 초를 셧아웃시켰던 1루수, 조이 보토였다.

[오늘 이 말을 정말 많이 하는데요. 조이 보토, 2010년 MVP 위너이

자 작년 리그 출루율 1위. 신시네티 레즈에 없어서는 안 될 선수입니다.]

[하하, 올스타전이 왜 올스타전이겠습니까? 각 팀에서 최고의 선수를 뽑았으니 당연한 일이죠.]

일명 '보토 존'이 있다고 할 정도로 선구안에 있어서는 타의 추종을 불허하는 출루 머신.

그에 대한 김신의 해답은 간단했다.

'조이 보토가 올스타전 끝나자마자 무릎 수술을 받았지, 아마?'

방망이를 제대로 휘두를 수 없다면 아무리 좋은 선구안을 가지고 있어 봐야 무용지물(無用之物).

마음대로 따라 주지 않는 신체에 한탄하는 타자가 가장 무서워하는 공.

김신의 빠른 공이 18.44미터를 0.35초 만에 주파했다.

따악-!

[초구는 파울! 0-1이 됩니다.]

[배트가 완전히 밀렸어요. 당연히 패스트볼을 노리고 들어왔을 텐데 조이 보토 선수 입장에선 아쉬운 결과입니다.]

노골적으로 패스트볼만을 던지는 투수를 상대로 똑같은 공에 당해 버렸다.

타자로서 기분이 좋을 리 만무한 일.

'젠장.'

속으로 혀를 찬 조이 보토는 심기일전하여 다시 한번 방망이를 휘둘렀다.

따악-!

[다시 한번 파울! 순식간에 0-2! 조이 보토 선수, 궁지에 몰립니다!]

[오늘 조이 보토 선수의 컨디션이 영 좋지 않은 것 같군요. 이번에는 정말 받쳐 놓고 휘두른 수준이었거든요? 그런데도 밀렸어요.]

투 스트라이크 노 볼. 단 한 구면 타석에서 물러나야 할지도 모르는 백척간두의 볼카운트.

조이 보토는 스스로의 현 상황을 냉철히 판단하고는 결론을 내렸다.

'장타는 힘들겠어.'

수많은 톱니바퀴를 사용한 정교한 기계일수록 사소한 결함에도 오작동을 일으키는 법.

임팩트 직전 찌릿, 하고 올라오는 무릎 통증은 조이 보토의 완벽에 가까운 타격 폼을 흐트러뜨리고 있었고.

그런 상태로 마운드에 선 저 괴물의 속구를 담장 너머로 날려 보내는 건 무리였다.

'확실히 타석에서 맞닥뜨리면 상상 이상이라는 말이 맞군.'

인터리그에서, 오늘 그라운드에서 먼저 김신을 상대했던 타자들의 조언을 떠올리며.

내셔널리그 MVP 타자 조이 보토는 김신이라는 남자가 리그를 지배할 자격이 있음을 인정했다.

꽈악-!

그렇다고 포기할쏘냐.

조이 보토가 방망이를 짧게 잡았다.

전미가 칭송하는 그의 장점을 극대화하기 위해.

따악-!

[또다시 파울!]

따악-!

[파울!]

따악-!

[이번에도 파울입니다! 조이 보토 선수가 김신 선수의 공을 끈질기게 커팅해 내고 있습니다!]

5번의 투구, 0-2의 볼카운트.

기묘한 승부가 카우프만 스타디움에 펼쳐졌다.


　-이게 무슨 치킨 게임이냐 ㅋㅋㅋㅋㅋㅋ 한 놈은 포심만 던지고 한 놈은 커팅만 하네.

　-니 눈엔 저게 커팅으로 보임? 처절하게 버티는 거지 ㅋㅋㅋㅋ 추하다, 보토.

　-? 야알못 납셨네. 저러다가 한 번 치면 어차피 타자가 이기는 거임. 김신도 삼진 못 잡고 있는 건 똑같아.

　-응 변화구 한 방이면 끝나~

　-응 그걸 안 던지니까 문제야~

　-근데 진짜 김신도 고집 오진다. 저기서 계속 패스트볼이라니;

그러나 다음 순간, 그 자존심 강한 두 천재의 대결은 싱겁게 막을 내렸다.

부우웅-!

"아웃!"

김신이 가진 패스트볼은 한 종류가 아니었으니까.

[삼진!! 하이 패스트볼에 결국 조이 보토 선수의 방망이가 헛돕니다!]

라이징 패스트볼.

평범한 패스트볼보다 공 하나만큼 덜 떨어진 공이 조이 보토를 돌려세웠다.

그리고.

"쯧쯧."

터덜터덜 더그아웃으로 향하는 조이 보토를 보며 혀를 찬 남자가 천천히 비어 있는 타석을 향해 걸음을 옮겼다.

[나우 배팅, 세인트루이스 카디널스 넘버 3…….]

오늘 경기 주전으로 출전한 내셔널리그 올스타 중 유일한 70년대생.

21세기가 아닌 20세기에 데뷔한 단 한 명의 타자.

[카를로스 벨트란-!]

타석에 선 그가 마이크 나폴리에게 이죽거렸다.

"어차피 또 패스트볼이지? 그러면 그냥 손 내리고 있어. 바로 칠 테니까."

내셔널리그 올스타의 1번과 2번 타자, 카를로스 곤잘레스와 앤드류 맥커친은 각각 올스타 출전이 처음과 두 번째에 불과한 젊은 타자들이다.

또한 각자 팀에서 내로라하는 타격의 달인들이다.

그 패기와 자신감, 올스타전이라는 특별한 시간은 그들로 하여금 김신의 정면 승부 요청에 풀스윙으로 응하도록 했고.

그 결과 삼진이라는 패배를 낳았다.

3번 타자 맷 홀리데이는 조금 달랐다.

올스타 출전 6회째.

베테랑이라 불리고도 남을 맷 홀리데이는 앞선 타자들의 실패를 반면교사 삼아, 파워가 아닌 컨택에 집중한 타격을 했다.

다만 배트가 부러지면서 애석하게 아웃당했을 뿐.

2회 초의 첫 타자, 조이 보토는 조금 더 달랐다.

냉철하게 스스로를 진단하고 출루를 위해 혼신의 힘을 다했다.

비록 얼마 전에 터져 버린 그의 사소한 결함 탓에 유의미한 결과를 만들지는 못했지만.

그리고 5번 타자 카를로스 벨트란.

그는 맷 홀리데이보다 더욱 노회한 타자였으며.

따악—!

조이 보토보다 더욱 일찍 고장 난 기계였다.

[카를로스 벨트란! 3유간을 관통하는 안타! 오늘 경기 내셔널리그의 첫 번째 출루를 신고합니다!]

[아주 기술적인 타격이었습니다. 정확하게 수비의 허점을 노렸어요.]

장타 욕심을 완벽하게 버린, 간결하고도 기술적인 타격.

카를로스 벨트란이 여유 있게 1루에 안착했다.

주루 코치에게 익숙하게 장구류를 건네던 그의 시선이 더그아웃의 조이 보토를 스쳤다.

'어디 문제가 있나 본데…… 이 판에서 롱런하는 게 쉬운 일이 아니라고, 후배.'

정교하게 제작된 기계일수록 톱니바퀴 하나의 사소한 결함으로도 문제가 발생하는 건 맞는 얘기다.

하지만 그 사소한 결함들이 생긴 지 오래됐다면?

여기저기 발생한 결함들을 대처해 본 경험이 차고 넘치도록 있다면?

설령 아무 곳도 고장 나지 않은 최신 제품보다는 떨어질지언정 그 기계는 자신의 역할을 충분히 수행할 수 있다.

중앙으로 놓고 쏴도 우측 하단으로 탄이 날아간다면 좌측 상단을 조준하고 쏘면 되는 일이 아닌가.

전력 질주 탓에 습관처럼 느껴지는 몸 곳곳의 통증을 내리누르며, 카를로스 벨트란이 웃었다.

'자, 지터네 꼬맹이, 이제 어떻게 할 거냐. 이래도 계속 속 구만 던질 테냐?'

그 질문에, 김신이 곧바로 답했다.

뻐엉—!

포수(Catcher).

수비 시 유일하게 반대 방향을 바라보고 있는 그라운드의 사령관이자 투수와는 떼려야 뗄 수 없는 동반자.

그러나 긴 시간 쪼그려 앉아 있어야 한다는 포지션 특성상 부상 없이 롱런하는 포수는 없다고 봐도 과언이 아니며.

건강에 딱히 이상이 없더라도 풀타임 출전은 불가능에 가까운 포지션이다.

결국 구단에서 택할 수 있는 방법은 백업 풀을 늘려서 자리를 채우는 것뿐인데, 백업 포수라고 해도 포수 특유의 부상 위험은 피할 수 없기에 포수의 숫자는 언제나 부족하다.

타격 능력이 말로 못할 만큼 형편없는데도 빅리그에서 게임을 뛰는 포수가 보이는 것은 이 때문.

정리하자면, 포수는 수비 능력만 어느 정도 돼도 출전 기회를 얻을 수 있다는 소리다.

그런데 수비만 잘해도 감지덕지인 이런 상황에 공격력까

지 리그 수위급인 포수가 있다면 어떨까?

구단이 나서서 애지중지하며 어화둥둥 하는 건 당연지사 아니겠는가.

"쩝쩝, 나도 갔어야 했는데."

2010년 후반부터 2020년 초반까지 리그 최고의 공격형 포수 중 하나로 손꼽히는 남자.

뉴욕에서 소파와 물아일체가 되어 있는 게리 산체스가 바로 그런 경우였다.

양키스에서 산체스에게 김신과 비견될 만한 특별 대우를 하는 것엔 다 이유가 있는 것이다.

그러나 2010년대 '최고 중 하나'에서 '중 하나'를 뗀 포수는 따로 있었다.

"후우……."

2회 초, 카를로스 벨트란이 단타로 출루한 1사 1루 상황.

게리 산체스의 눈앞에서.

미래의 게리 산체스가 평생토록 뛰어넘고자 했던 바로 그 남자가 타석에 들어섰다.

[나우 배팅, 샌프란시스코 자이언츠 넘버 28. 버스터- 포지!]

버스터 포지.

2009년 데뷔하여 은퇴할 때까지 오직 자이언츠에 헌신했던 원 클럽 맨.

월드 시리즈 우승 3회를 비롯해 신인왕, MVP, 골드글러

브, 실버슬러거를 모조리 석권한, 자타공인 2010년대 최고의
포수.

김신이 데뷔했을 때는 이미 은퇴한 이후였기에, 단 한 번
도 상대해 보지 못한 레전드였다.

'이렇게 만나게 될 줄이야.'

절친인 게리 산체스와 미디어 매체를 통해서만 접했던 버
스터 포지의 젊은 얼굴에 김신의 표정이 묘해졌다.

'특별히 대우해 주지.'

하지만 올해 겨우 데뷔 3년 차.

첫 올스타에 선발된 젊은 포지는 김신의 색다른 기색을 느
낄 여유 따위 없이 수 싸움에 열중이었다.

'지금까진 패스트볼만 던졌지만 벨트란 아저씨가 초구를
통타했으니…… 다른 걸 던지려나? 슬라이더? 체인지업? 커
브? 아니, 아니야. 올스타전에서 포심만 던지는 미친놈인데
이번에도 포심이지 않을까?'

배터 박스에 깔린 흙을 고르며 타격을 준비하는 동안 정신
없이 돌아가던 포지의 두뇌가 마침내 결론을 내렸다.

'그래, 복잡하게 가지 말자. 바깥쪽 빠른 공이면 휘두르고,
아니면 참는다.'

도루가 가능한 주자가 1루에 나가 있을 때, 투수는 바깥쪽
속구를 이용해 주자 견제와 볼카운트라는 두 가지 토끼를 노
리게 마련.

합리적인 결단을 내린 버스터 포지가 타격 자세를 취했다.

그리고 준비가 끝나는 즉시.

버스터 포지의 고민과 카를로스 벨트란의 질문에 대한 김신의 대답이 날아들었다.

뻐엉-!

"으헉!"

"스트라이크!"

[몸 쪽 꽉 찬 코스의 포심! 버스터 포지 선수, 깜짝 놀라 허리를 젖힙니다. 배터 박스에 너무 붙어 있었죠?]

[바깥쪽 포심을 게스 히팅 한 거 같은데, 김신 선수가 경고를 쳤습니다.]

마치 위험하듯이 날아왔음에도 얄밉게 스트라이크 존에 걸치는 101마일의 포심 패스트볼.

살벌한 구위에 자신도 모르게 허리를 젖히며 볼썽사나운 모습을 보였던 포지는 인상을 찌푸린 채 다시 자세를 잡았다.

'여기서 진짜 계속 포심이라고? 미친놈, 우리 팀이었으면 초저녁에 엉덩이를 걷어 차 줬을 텐데.'

하지만 구겨진 인상과 달리, 다시 한번 배터 박스에 바짝 붙는 버스터 포지.

그 눈은 기대감과 자신감으로 반짝이고 있었다.

'어쨌든…… 그럼 이번에도 포심이겠지. 무조건 때린다.'

카를로스 곤잘레스나 앤드류 맥커친처럼 올스타전에 격동하고 있지도 않았고.

조이 보토처럼 몸에 문제가 있는 것도 아니었으며.

카를로스 벨트란처럼 노쇠하지도 않았다.

그러므로 남은 것은 오직 패스트볼을 고집하는 저 마운드의 또라이를 두들겨 주는 것뿐.

'걸렸어!'

김신의 두 번째 공에서 선명하게 4개의 솔기(4-seam)가 확인되는 순간.

버스터 포지의 방망이가 아름다운 타원을 그렸다.

그러나.

따악-!

아주 조금, 빨랐다.

[낮게 깔리는 타구! 데릭 지터의 토스! 이안 킨슬러, 베이스 밟고 1루로! 1루에서…… 아웃입니다! 깔끔한 6-4-3 병살! 내셔널리그의 2회 초 공격이 종료됩니다!]

김신이 올스타전에서 마지막으로 던진 공은.

포심과 구분할 수 없을 만큼 흡사하지만, 우타자 바깥쪽으로 가라앉는 조금 느린 공.

서클 체인지업이었다.

○

2회 말.

스무스하게 2이닝을 던졌던 역사와 달리, 맷 케인이 대량 실점을 허용하며 일찌감치 공을 내려놓은 상황.

빈자리를 채운 건 워싱턴 내셔널스의 선발투수, 지오 곤잘레스였다.

[지오 곤잘레스, 이번 시즌 애슬레틱스에서 내셔널스로 둥지를 옮긴 이후 커리어 하이급 성적을 써 내려가고 있는 내셔널스의 복덩이입니다. 첫 번째 올스타전 투구를 준비합니다.]

[강력한 사이 영 컨탠더 중 하나죠. 아마 빌리 빈 단장이 뒷목을 좀 잡았을 거예요.]

[하하, 맞습니다. 트레이드 실패설이 슬슬 돌 정도로 지오 곤잘레스 선수의 활약이 뛰어나니까요.]

지오 곤잘레스.

이후 천천히 내리막길을 걸으며 이렇다 할 족적을 남기지 못하고 사라져 간 흔하디흔한 선발투수지만.

2012년 지금만큼은 리그에서 다섯 손가락 안에 충분히 뽑힐 만큼 강력한 투수.

그러나 아메리칸리그의 선두 타자는 얼마 전 그를 신나게 두들겼던 핀스트라이프.

[나우 배팅, 뉴욕 양키스 넘버 14. 커티스 그랜더슨!]

커티스 그랜더슨이었다.

승리를 챙기긴 했지만 6이닝 5실점을 기록했던 졸전을 떠올린 지오 곤잘레스가 입술을 짓씹었다.

'빌어먹을 줄무늬 자식들.'

그날 패배했음에도 화제를 독차지했던 코리 클루버.

루키 주제에 올스타전에서 포심만 던진다는 미친 짓을 서슴없이 저지른 김신.

그리고 현재 타석에서 방망이를 건들거리며 그를 도발하고 있는 흑인까지.

도저히 좋아할 수 없는 핀스트라이프를 향해, 지오 곤잘레스는 있는 힘껏 손을 뻗었고.

뻐엉-!

"아웃!"

[삼진입니다! 첫 타자를 기분 좋게 삼진으로 제압하는 지오 곤잘레스 선수!]

커티스 그랜더슨을 삼진으로 잡아내는 데 성공했다.

'다음은……'

하지만 지오 곤잘레스는 쉽사리 환호성을 지를 수 없었다.

다음 타석은 아메리칸리그의 1번 타자.

오늘 경기장에 우글거리는 핀스트라이프들의 대장이었으니까.

[이로써 타순이 한 바퀴 돌았군요. 데릭 지터 선수가 두 번째 타석에 들어섭니다.]

카메라에 비친 한 자릿수 등 번호가 전광판을 가득 메웠다.

최초로 등 번호를 매기기 시작한 건 1929년.

아직 미디어가 발달하기 전, 똑같은 유니폼을 입은 선수들을 구별하기 위해 그저 타순에 맞춰 번호를 붙인 것이 시작이었다.

즉, 베이브 루스의 3번과 루 게릭의 4번은 그들이 좋아서가 아니라 그냥 타순이 그랬기 때문인 셈.

그러던 것이 기록지 작성의 용이성을 위해 1번 투수로부터 9번 우익수까지 포지션별로 번호를 붙여 부르기 시작하면서 점차 의미를 갖기 시작했다.

인간의 발명 중 상당수가 편의성을 어머니로 삼듯이.

편리함을 토대로 점차 사용이 확대되기 시작한 등 번호는 곧 두 자릿수로 늘어났고.

선수 개인의 아이덴티티처럼 변하는 것은 순식간이었다.

이후, 전설적인 선수를 존중하기 위해 그가 사용했던 번호를 더 이상 사용하지 않는 영구 결번 제도가 생기면서 결국 한 자릿수 등 번호는 거의 찾아볼 수 없게 되었다.

특히 처음으로 등 번호를 사용한 구단, 뉴욕 양키스에서는 더더욱.

하지만 단 한 명.

아직까지 현역으로 한 자릿수 등 번호를 사용하는 핀스트라이프.

[나우 배팅, 뉴욕 양키스 넘버 2. 데릭- 지터.]

이미 명예의 전당에 자리를 예약한 리빙 레전드.

모든 야구 선수의 존중을 받는 남자가 타석에 들어섰다.

채 숨기지 못한 긴장이 엿보이는 지오 곤잘레스를 일별한 데릭 지터가 피식 웃었다.

'하여튼 특이한 놈이야.'

그의 뇌리를 스쳐 지나간 인물은.

첫 만남부터 팀의 캡틴에게 애송이가 아니라며 대거리를 하고, 마운드에선 4년 차 투수인 지오 곤잘레스조차 숨기지 못하는 일말의 긴장도 찾아볼 수 없는 괴상한 루키.

김신이었다.

홈런더비를 째고 몰래 데이트하다 걸리는 것이나 올스타 전에서 포심만 던지는 혈기에 가득 찬 퍼포먼스를 보면 루키 가 맞는 것 같다가도.

마지막에 던진 체인지업과 같이 결국 승리를 향한 판단을 해 낼 때는 베테랑 같기도 한 놈.

'뭐, 어쨌든 놈도 양키스니까.'

그러나 그게 어쨌단 말인가.

중요한 것은 성격도, 피부색도, 종교도 아닌 오직 양키스 의 승리뿐.

비록 긴장한 모습은 확인하지 못했지만, 김신이 양키스를 어떻게 생각하고 있는지는 명확히 인지하고 있는 남자.

데릭 지터가 타석에 몸을 웅크렸다.

[지오 곤잘레스 선수, 초구!]

물론 데릭 지터는 야구의 신이 아니고.

야구의 신이라 불리는 베이브 루스도 열 번 중 최소 여섯 번은 아웃을 당하는 것이 자연한 일.

따악–!

[높이 뜹니다. 우익수 카를로스 벨트란이 안전하게 잡아내면서 투 아웃! 지오 곤잘레스가 승리를 향한 불씨를 이어 갑니다!]

[점수 차가 크긴 하지만, 아직 포기하기엔 이르죠. 충분히 역전할 수 있는 시간입니다.]

데릭 지터는 두 번째 타석에서 1루 베이스를 밟지 못했다.

하지만 그렇다고 내셔널리그가 역전에 성공했느냐 하면 그건 절대 아니었다.

뻐엉–!

[저스틴 벌랜더! 위기에서 자력 탈출합니다! 내셔널리그의 추격 의지를 꺾는 결정적인 삼진!!]

새파란 뉴 페이스에게 선발투수 자리를 뺏긴 것도 모자라 포심 퍼포먼스를 지켜봐야 했던 투수들도.

따악–!

[데이비드 오티즈! 첫 번째 타석에서의 아쉬움을 털어 내는 적시타! 아메리칸리그가 훌쩍 달아납니다!]

경쟁자의 선전에 절치부심한 보스턴의 영웅도 승리를 내줄 생각 따윈 추호도 없었으니까.

8-0! 연패를 설욕하는 아메리칸리그의 대승!
현장 분석. 내셔널리그 올스타들은 왜 포심 패스트볼을 치지 못했을까?
김신, 마지막에 체인지업을 던진 이유는?

양키스의 월드시리즈 우승을 향한 청신호, 홈 어드밴티지를 획득한 김신의 웃음과 함께.
원역사와는 정반대의 결과를 낳은 화제의 2012 메이저리그 올스타전이 종료되었다.
그리고 며칠 뒤, 뉴욕.
가을야구의 향방을 가르는 메이저리그 후반기의 시작에서.
"……이해합니다."
C.C. 사바시아의 침중한 목소리가 울려 퍼졌다.

많은 올스타를 배출했다는 건 분명히 구단의 영예다.
하지만 실질적으로 구단을 운영하는 단장과 감독 입장에서 그게 좋기만 한 일이냐 하면 절대 긍정적인 답변이 나올

수가 없다.

이유는 간단하다.

올스타전에 참가한다는 건 나머지 선수들이 올스타 브레이크라는 달콤한 휴식을 취할 때, 팀의 핵심이라 할 만한 선수들이 오히려 체력을 소모하게 되는 일이니까.

가뭄에 콩 나듯 있는 휴식일을 제외하면 거의 매일 경기를 치러야 하는 혹독한 일정이 100일 넘게 지속된 7월.

체력 소모가 심한 한여름과 이후 있을 가을 야구를 대비해야 하는 구단 입장에선 결코 좋기만 한 일이 아닌 것이다.

물론 한두 명, 혹은 세 명 정도까지야 괜찮겠지만 대여섯 명씩 차출되면 후반기 시작부터 인상을 찌푸리게 되는 건 당연지사.

하지만 아직 시즌이 절반이나 남은 데다, 며칠 경기를 못 본 팬들이 기대하고 있을 게 뻔한데 핵심 선수들을 벤치에 앉힐 순 없는 법이고.

하물며 치열한 1위 경쟁을 펼치고 있다면 말해 봐야 입만 아플 뿐이다.

결국 대부분의 구단이 선발투수에게만 로테이션을 조정해 주는 정도로 후반기를 시작한다.

그러나 양키스는 달랐다.

양키스 조 지라디 감독, LA 에인절스와의 후반기 첫 경기에 필 휴즈 선발 내정!

김신과 C.C. 사바시아가 모두 차출됐으니 3선발인 필 휴즈부터 선발 로테이션을 시작하는 정도야 예상된 전개였지만.

뉴욕 양키스, 주전들에게 대거 휴식 부여! 압도적 지구 1위의 여유?

올스타전에 출전했던 데릭 지터, 커티스 그랜더슨, 브렛 가드너, 추신서 모두에게 번갈아 가며 휴식을 부여한 것은 예상 밖의 행보였다.
2위와 20승에 가까운 차이를 벌리고 있는 양키스만이 할 수 있는 선택.

—뭐, 아쉽긴 해도 이해는 된다.
—이럴 때 한 번 쉬어 가야 가을까지 탄탄대로지.

그야말로 웬만해선 역전할 수 없는 압도적인 차이가 선사하는 여유.
잠시 아쉬움을 표하던 팬들은 이내 선선히 고개를 끄덕이며 조 지라디 감독의 선택을 존중했다.
하지만 7월 12일 밤. 후반기 시작이 하루도 채 남지 않은 시간.

"크흠."

팬, 기자, 구단 관계자들이라는 산조차 손쉽게 넘은 조 지라디 감독은 난감한 표정으로 한 남자와 마주 앉아 있었다.

"……."

무슨 말이 나올지 대충은 예측하고 있다는 듯, 평소의 선한 미소가 아니라 한일자로 입을 다물고 있는 푸근한 몸매의 흑인.

C.C. 사바시아.

바로 작년 237이닝을 소화하며 19승 8패. ERA 3.00을 기록했던 에이스이자.

이번 시즌에도 준수한 모습을 보여 주고 있는 양키스의 1선발.

"어깨는 좀 괜찮나?"

"예, 문제없습니다."

"그렇군……."

잠시간의 침묵이 이어진 뒤, 말을 고르던 조 지라디 감독은 결국 정면 돌파를 선택했다.

"자네의 다음 선발 등판은 7월 17일. 토론토와의 2차전이 될 예정이네."

3, 4, 5선발이 출전하는 에인절스와의 3연전이 끝나고 2번째 경기.

그 뜻은 C.C. 사바시아가 더 이상 뉴욕 양키스의 1선발이
아니라는 이야기였다.

폼이 떨어진 것도 아니고, 문제를 일으킨 것도 아니다.

잠깐 DL에 올라가긴 했지만 큰 부상도 없다.

그런데도 자신의 헌신을 인정받지 못한다면, 기분이 좋을
사람이 있을까?

사바시아도 마찬가지였다.

그러나 사바시아는 이런 날이 올 것을 이미 알고 있었다.

김신이 전반기를 전승으로 마무리할 때부터.

아니, 무참한 패배를 겪은 뒤에야 계승했어야 할 전통을,
패배하지 않은 날 계승했을 때부터.

어쩌면…… 녀석이 데뷔전 퍼펙트게임을 기록했을 때부
터.

그래서 답했다.

"……이해합니다."

"……고맙네."

짧디짧지만 많은 것이 함축된 대화.

"이상이십니까?"

"이상이네. 나가 봐도 좋아."

"그럼, 쉬십시오."

이해하는 건 이해하는 거지만 여러 가지 감정이 소용돌이
치는 건 어쩔 수 없는 일.

C.C. 사바시아는 복잡한 표정을 숨기며 자리에서 일어났다.

달칵-!

그런데 감독실 문을 닫고 나오는 그를 기다리고 있던 사람들이 있었다.

"맥주 한잔 어때?"

목발을 짚은 두 남자, 앤디 페티트와 구로다 히로키.

이미 오래전에 추락을 겪어 봤던 선배들이었다.

"……좋습니다."

전(前) 1선발들의 발걸음이 겹쳐졌다.

C.C. 사바시아는 잘 알고 있었다.

지금 에이스라 해서, 1선발이라 해서 그게 영원히 지속될 리가 없음을.

그가 그랬듯이 언젠가 새로운 시대를 경영할 후임이 나타날 것이고, 선배들이 그랬듯이 그도 언젠가는 정상의 자리에서 내려와야 할 것이라는 사실도.

노인이 청년에게, 아버지가 아들에게, 선생이 제자에게, 선배가 후배에게.

세월의 풍파에 기력이 쇠한 자가 살아갈 날이 창창한 젊은

이에게 무언가를 물려주는 건 당연한 자연의 섭리이니까.

인간이라는 종 자체가 그렇게 발전해 왔으니까.

그러나 2012시즌이 시작하기 전까지, C.C. 사바시아는 그것이 먼 미래의 일일 거라고 생각했다.

아직은 이르다. 적어도 2~3년. 그 정도는 충분하다.

양키스의 에이스는 나다.

하지만 데뷔전에서 퍼펙트를 기록하는 미친놈이 등장하면서부터 사바시아의 그런 생각은 흔들리기 시작했다.

그게 그냥 데뷔전 퍼펙트게임 정도였다면 사바시아의 흔들림은 점차 사라졌을 것이다.

물론 퍼펙트게임은 대단한 기록이지만, 19번째 퍼펙트게임의 주인공 댈러스 브레이든처럼 별 볼 일 없는 투수가 갑작스럽게 달성하기도 하는 기록이니까.

몇 년 뒤에 내 자리를 물려받을 후임이 바로 저 녀석이겠구나, 그 정도로 생각했을 것이다.

그런데 김신이라는 아웃라이어는 사바시아의 상상을 뛰어넘었다.

100마일을 넘나드는 '제구가 되는' 파이어볼과 믿을 수 없는 완성도의 브레이킹 볼.

메이저 역사에 익히 없던 스위치피칭과 그걸 기반으로 한 이닝 이팅 능력.

신인답지 않은 노련한 완급 조절과 위기관리.

그야말로 패배할 것 같지 않은 존재 불가능한 투수.

김신이라는 남자는 등장부터 그러했다.

그리고 그가 후배의 호텔방으로 직접 찾아갔던 그날.

마침내 사바시아는 인정했다.

에이스 자리를 물려줄 준비를 해야 한다는 것을.

그래도, 이건 너무 짧았다.

"참 엿 같은 기분일 거야. 안 그래?"

"……."

브롱스 교외의 한적한 펍.

단골이라며 사바시아를 인도한 앤디 페티트는 자리에 앉자마자 사바시아의 심정을 찔러 왔다.

"나는 아직 괜찮은데 세상이 뒷방으로 물러나라 하는 것 같은 기분. 내가 잘 알지. 나도 그랬거든. 히로키, 넌 어땠어?"

"저야 메이저리그에서 에이스라고 불려본 기억이 없어서요. 카프에서 떠날 때는 도전이라는 생각이 더 컸고요."

"그게 지금 할 소리야?"

"뭐…… 그래도 한 말씀 드리자면 이를 악물었다고나 할까요? 더욱 열심히 단련해야겠다…… 그런 생각은 했습니다."

구로다 히로키의 대답을 들은 앤디 페티트가 사바시아에게 고개를 돌렸다.

"저렇게 말해도 히로키 녀석도 엿 같았을 거야. 이건 선발 투수라면 당연한 거거든."

"……."

동의한다는 듯 고개를 살짝 끄덕이는 구로다 히로키.

그 모습에 그럼 그렇지 하며 코웃음을 친 앤디 페티트가 사바시아의 대답을 종용했다.

"넌 어때? 이게 안 그럴 거 같아도 털어 놓고 얘기하다 보면 훨씬 낫다고."

잠시 맥주잔을 매만지며 망설이던 사바시아는 애써 웃음 지으며 얘기했지만.

"하하, 안 그래도 대충 예상은 하고 있었어서…… 괜찮습니다. 올 게 왔구나 하는 기분이죠."

"지랄."

앤디 페티트는 기다렸다는 듯 사바시아의 대답을 신랄하게 부정했다.

"예상? 하기야 했겠지. 아무렴 전반기 전승에 ERA가 1이 안 되는 놈이 떡하니 있는데 그런 예상을 못할까. 근데 너무 짧았잖아. 솔직히 반 시즌 만에 이렇게 될 줄 몰랐잖아."

"……."

"그냥 인정하고 이해하고 받아들인다? 그게 쉬우면 세상에 다 성자만 있겠지. 에이스 자리에 있던 놈이 그럴 수 있으면 선발투수가 멘털 섬세하단 소리는 다 나가 죽어야 하지 않을까?"

계속해서 심경을 건드리는 앤디 페티트의 멘트에 마침내

사바시아의 입이 열렸다.

"솔직히⋯⋯."

그리고 한번 열린 입에서 봇물이 터지듯 사바시아의 이야기들이 끊임없이 흘러나왔다.

"그래그래. 괜찮아."

앤디 페티트는 화자에서 청자가 되어 오랜 시간 그 이야기들을 받아 주었고.

"저도 그랬습니다. 새로운 구종을 연마하는 건 좋은 선택이죠."

구로다 히로키 또한 중간 중간 조언을 아끼지 않았다.

여명이 밝을 때까지.

성공이라는 달콤한 과실을 맛본 사람일수록 자신의 부족함을, 이제는 달라진 현실을 인정하는 건 어렵다.

자신의 역량이 앞으로 발전될 일이 없음을, 계속해서 낮아져 가기만 하리라는 걸 인정하는 건 더욱 어렵고.

그러면서도 그 자리에서 최선의 노력을 다한다는 건 더더욱 어렵다.

최초 성공을 향한, 꿈을 향한 노력을 경주할 때보다 훨씬 더.

그러나 이 세상에는.

물론 쉽지는 않겠지만, 그 발버둥을 한결 편하게 칠 수 있도록 도와주는 요소들이 있다.

예를 들자면, 뉴욕 양키스 같은 것들이.

"물론 김신이란 녀석이 규격 외인 건 맞아. 전통이나 규칙 따위 깡그리 씹어 먹을 만하지. 그래도 놈도 사람이고, 언젠가 그 자리에서 내려올 거야. 그때 다 같이 엉덩이나 한번 걷어차 주자고. 나보다 우승 반지 수가 적으면 용서 없다."

무알콜 칵테일을 높이 들어 올리며, 앤디 페티트가 자리를 끝맺었다.

"양키스를 위하여."

2012년 7월 13일.

데릭 지터와 커티스 그랜더슨이 먼저 벤치에 앉은 채로 뉴욕 양키스의 후반기가 시작되었다.

상대는 마이크 트라웃과 알버트 푸홀스가 이끄는 LA 에인절스.

팀의 캡틴이자 주전 유격수와 공격의 핵인 4번 타자가 빠졌음에도 뉴욕 양키스는 강했다.

따악-!

[닉 스위셔! 우중간을 가르는 1타점 2루타!]

백업 제이슨 닉스와 닉 스위셔는 자신들의 역할을 충분히 해냈고.

뻐엉-!

[스윙 앤 어 미스! 오늘 필 휴즈 선수의 슬라이더가 한층 날카롭게 꽂힙니다!]

푹 쉬는 동안 어쩌면 게리 산체스보다 더욱 절치부심했을 필 휴즈는 호투를 펼쳤다.

"뉴욕~ 뉴욕~!"

양키스의 승리를 상징하는 노래가 양키 스타디움에 연신 울려 퍼졌다.

시리즈 스코어 2-1.

기분 좋게 에인절스를 제압하며 후반기에도 청신호를 올린 양키스의 다음 상대는 토론토 블루제이스.

1차전의 선발투수는 김신이었다.


김신, 뉴욕 양키스 1선발 등극!


─주모오오오!

─호들갑은. 예정된 수순이었지.

─박천후도 못한 걸…… 그 어려운 걸 해내네.


미국보다 한국에서 더 화제가 된 그 경기가 양키스의 승리로 끝난 다음 날, 2차전.

아직 모든 감정이 정리된 건 아니었지만, 원체 성실했던 사바시아는 묵묵히 최선을 다했다.

비록 시즌 중이라 새로운 구종을 장착할 수는 없었지만, 요즘 유난히 각이 좋은 슬라이더의 비중을 높이는 변화도 주었다.

그게 문제였을까.

찌릿-!

"……?"

C.C. 사바시아의 팔꿈치가 섬뜩한 통증을 토해 냈다.

🥎

살아가다 보면 열심히 하려고, 잘하려고 했던 일이 오히려 잘못되는 경우가 있다.

C.C. 사바시아의 경우가 그랬다.

"뼛조각?"

"네, 수술하면 시즌 아웃, 재활로 간다고 해도 2~3개월은 필요하답니다."

많은 이닝을 소화한 투수의 팔은 시한폭탄이나 다름없는 법.

2001년에 데뷔하여 벌써 12년 차.

약 2,500이닝을 소화한 C.C. 사바시아의 팔꿈치가 한계를 호소했다.

"What the f×ck!"

욕설과 함께 한동안 집무실을 서성이던 캐시먼이 긴 한숨을 토해 냈다.

"후우…… 어쩔 수 없지. 그나마 트레이드 데드라인이 좀 남은 게 다행이군."

지끈거리는 이마를 짚은 캐시먼.

의자에 털썩 주저앉은 그가 보고를 위해 들어왔던 양키스 전력 분석원, 빌리 리에게 손짓했다.

"영입할 만한 투수 목록 좀 뽑아 오게."

"여기 있습니다."

그에 이미 준비했다는 듯 두꺼운 서류 뭉치를 내미는 빌리 리.

"으음……."

그 긴 목록 중, 캐시먼이 이름 몇 개를 찍었다.

"이 친구들, 접촉해 봐."

"알겠습니다."

예상에서 크게 벗어나지 않는다는 듯 더 이상의 첨언 없이 단장실을 나가려던 빌리를, 캐시먼이 붙들었다.

"앤디나 히로키의 상태는 어떻지?"

"경과는 상당히 괜찮다고 합니다만, 최소 8월 말은 돼야 복귀를 생각해 볼 수 있는 수준이랍니다. 의사 소견으론 9월 복귀가 예상된다고 합니다."

"두 달…… 알겠네. 나가 봐."

"예. 쉬십시오."

그리고 다음 날, 토론토 블루제이스와의 시리즈 마지막 경기가 얼마 남지 않은 오후.

C.C. 사바시아 갑작스러운 DL행!

팔꿈치 문제로 60일짜리 DL에 오른 C.C. 사바시아, 양키스 가을 야구의 향방은?

C.C. 사바시아의 부상과.

양키스, 클리블랜드에서 방출당한 데릭 로우와 계약 체결!

그 자리를 메울 새로운 계약 소식이 뉴욕을 강타했다.

뻐엉-!

"아웃!"

[볼 게임 이즈 오버! 4-1로 양키스가 승리하면서, 위닝 시리즈를 기록합니다!]

토론토 블루제이스와의 3차전. 양키스는 손쉽게 승리를

거머쥐었다.

　사바시아가 이탈하긴 했지만, 그의 보직은 선발투수.

　어쨌든 오늘 경기의 전력 누수는 없었으니까.

　그러나 사람들은 현재의 승리보다 미래의 먹구름에 더욱
집중했다.


　―오늘 승리는 물론 기쁘겠지만 조 지라디 감독은 아마 착잡한
심정일 거예요.

　―그렇겠죠. 김신 선수에게 1선발 자리를 내주긴 했지만 어쨌든
미들맨으로 양키스 선발진 한 축을 담당했던 C.C. 사바시아 선수가
팔꿈치 부상으로 시즌 복귀가 불투명해졌으니까요. 정규 시즌 막바
지나 돼야 복귀할 수 있다더군요.

　―이번 시즌 양키스의 부상 잔혹사가 여기까지 올 줄은 몰랐네
요. 구로다 히로키 선수를 시작으로 앤디 페티트, C.C. 사바시아까
지. 선발투수들이 줄줄이 부상으로 드러눕고 있어요.


　중계방송이 종료되고 곧바로 시작된 분석 방송.

　패널들이 양키스의 미래를 점쳤다.


　―캐시먼 단장이 얼마 전 클리블랜드에서 방출당한 선발투수인
데릭 로우 선수를 급히 영입하긴 했지만, 사바시아 선수의 빈자리
를 메우기에는 역부족이죠.

-물론이죠. 애초에 사바시아 선수의 자리를 대체할 수 있을 만
한 선수가 지금 시장에 없습니다. 아직 트레이드 데드라인이 좀 남
긴 했습니다만, 양키스에서 더 이상의 영입을 하기는 힘들 듯합니
다.

 -그렇죠. 모든 구단이 양키스에 선발이 필요하다는 걸 알고 있
을 테니 쉽사리 트레이드에 응해 줄 리가 없겠죠.

 -뭐, 그것도 있지만 양키스에 남은 카드 자체가 없습니다. 이번
시즌 많은 트레이드를 진행한 상황입니다. 이제는 주전을 팔아 치
우거나 팜을 아예 초토화시켜야 하는데 양키스에서 그렇게까지 하
진 않을 겁니다.

 양키스에서 사바시아를 대체하기는 불가능하다는 데 동의
한 패널들은 이내 다른 쪽으로 시선을 돌렸다.

 -그래도 양키스의 지구 우승 가능성은 여전히 압도적입니다. 승
수 차이도 크고, 워낙 타선이 탄탄한 데다 3, 4, 5선발인 휴즈, 노
바, 클루버 선수가 선전해 주고 있어요. 김신 선수야 말할 것도 없
고요.

 -맞는 말씀입니다만 양키스 눈에 지구 우승이 보이기나 하겠습
니까? 중요한 건 포스트 시즌이겠죠. 한데 말씀하신 선수들의 공통
점이 경험이 적다는 겁니다. 포스트 시즌같이 큰 경기에서 이 부분
이 결정적으로 작용할 수 있습니다.

쟁쟁한 프랜차이즈 스타들을 그 어떤 구단보다 많이 배출했던 전통의 강호이자.

돈을 물 쓰듯 쓰면서 FA 선수를 영입하는 게 전혀 어색하지 않은 악의 제국에, 베테랑이 부족하다는 아이러니한 현실.

이미 알고는 있었지만, 다른 사람들의 입으로 그 사실을 듣게 된 세 남자가 동시에 인상을 찌푸렸다.

-결국 구로다 히로키, 앤디 페티트, C.C. 사바시아. 세 선수 중 하나 이상은 돌아와 줘야 하는 상황인데요. 공교롭게도 세 선수의 복귀 예정일이 모두 9월입니다. 세 선수의 나이를 고려하면 복귀가 늦어질 가능성도 무시할 수 없어요. 그렇게 되면 지금 로스터로 포스트 시즌을 치러야 할 수도 있습니다.

-셋 다 못 돌아오면 최악이고, 한 명만 돌아오면 그나마 괜찮고, 둘 이상 돌아올 수 있다면 양키스가 월드시리즈 트로피를 들어 올릴 수 있지 않을까…… 그렇게 봅니다.

-그건 아니죠. 지금 타이거즈나 자이언츠, 다저스도 만만치 않은 전력을…….

삑-!

더 듣지 못하고 TV를 꺼 버린 앤디 페티트가 함께 자리한 두 투수를 돌아보았다.

"더 들을 필요 있나?"

"······없을 것 같습니다."

각자 생각에 잠긴 구로다 히로키와 C.C. 사바시아를 둘러본 앤디 페티트가 다시금 입을 열었다.

"엿 같기는 해도, 저 빌어먹을 자식들의 말이 맞아. 최소한 우리 셋 중 하나는 돌아가야 해. 휴즈 녀석 빼고는 월드시리즈도 경험 못 해 봤는데, 그런 햇병아리들한테 팀을 맡겨둘 순 없지."

"최선을 다하겠습니다."

"물론이죠. 전 무조건 돌아갈 겁니다."

무조건을 입에 담으며 팔을 들어 보이는 사바시아의 모습에 앤디 페티트와 구로다 히로키의 눈빛이 흐려졌다.

'젠장······.'

물론 C.C. 사바시아의 부상이 앤디 페티트나 구로다 히로키의 잘못은 아니다.

터져야 할 것이 터졌을 뿐.

하지만 그들이 사바시아에게 조언을 남긴 직후라는 부분에서 앤디 페티트와 구로다 히로키는 죄책감을 느낄 수밖에 없었다.

그런 그들이 할 수 있는 건······.

"그래, 무조건 복귀하자고."

결국, 단 하나뿐이었다.

베테랑 투수 세 사람이 사바시아의 집에서 최선을 다한 재활을 결의하고 있을 때.

젊은 투수들 또한 한자리에 모여 있었다.

뻐엉-!

바로 김신의 훈련 모임.

어쩌다 보니 이제는 양키스의 모든 선발투수가 모이게 된 보라스 코퍼레이션의 훈련 시설이었다.

다들 사태의 심각성을 피부로 느끼는지 평소보다 훨씬 가라앉아 있는 동료들을 바라보며, 김신이 뇌까렸다.

'무슨 초월적인 존재라도 개입하는 건가.'

구로다 히로키의 뜬금없는 교통사고.

15일짜리 가벼운 부상이었어야 할 C.C. 사바시아의 시즌 이탈급 장기 부상.

앤디 페티트의 부상이야 미래와 똑같이 흘러갔지만, 김신은 누군가 지독한 장난을 치고 있다는 생각을 지울 수 없었다.

'마치 양키스의 우승을 바라지 않는다는 듯이……'

그의 존재에 대한 반대급부로, 양키스가 우승할 수 없도록 더 큰 시련이 닥치는 듯한 상황.

심지어 회귀라는 초자연적인 현상을 겪은 그였으니 쉽게

그 생각을 떨쳐 낼 수 있을 리 만무했다.

그러나.

'재밌군. 그래…… 어디 한번 해 보자.'

김신의 눈동자는 그 어느 때보다 거세게 타오르고 있었다.

이 모든 게 그의 존재가 만든 나비효과라면 좋겠지만.

설령 정말로 필멸자의 발버둥을 관음하며 쾌락을 취하는, 지독한 악취미를 가진 신이라는 존재가 있더라도 상관없다.

다시금 공을 던지고, 양키스를 위해 뛸 수 있게 되었다는 것 하나만으로도.

김신은 이미 그 어떤 상황에서건 혼을 불사를 준비가 되어 있었다.

그 첫걸음은.

'이제 훈련은 그만.'

캐시먼이 역사의 흐름에 따라 싱커볼러 데릭 로우를 영입하긴 했지만, 그는 이미 올스타까지 뽑혔던 예전의 역량을 대부분 상실한 상태.

특히나 최근 12경기 동안은 ERA가 8.80일 정도로 극심한 부진을 겪고 방출된 선수였다.

결국 이곳, 보라스 코퍼레이션 훈련 시설에 모인 젊은 투수들의 어깨가 막중해진 상황.

아무리 젊고 최소한으로 투구한다지만 체력 소모가 필연적으로 발생하는 추가 훈련을 지속할 수는 없었다.

그러나 그렇다고 모임을 아예 해산한다는 건 어불성설이었다.

헬스장에 가지 않고 홈 트레이닝을 한다는 사람의 대부분이.

학원에 가지 않고 독학하겠다고 하는 학생의 대부분이 실제로는 훨씬 못한 결과를 낳는 법.

'그런 꼴을 볼 수는 없지.'

모임을 유지한다는 것만으로도 선수 관리, 역량 상승, 유대감 형성 등 순기능은 차고 넘쳤다.

'곧 도착한다고 했는데…….'

그때 호랑이도 제 말하면 온다는 듯, 김신이 기다리고 있던 출연자가 문을 열고 들어왔다.

"안녕하세요."

건장한 사내들의 시선을 휘어잡는 미녀, 캐서린 아르민.

김신의 연인이자 양키스의 팀 닥터였다.

데이비드 콘돌과 함께 모니터 앞에 앉아 있던 필 휴즈가 황급히 일어나 물었다.

"미스터 사바시아의 상태는 어떻죠?"

뻐엉-!

마침 투구 중이던 코리 클루버의 공이 미트에 틀어박히며 순간적으로 찾아온 정적.

모두가 주목하고 있는 캐서린의 입이 열렸다.

"다들 투수이시니 대충은 아시겠지만, 사바시아 선수의 정확한 병명은 주관절충돌증후군(Elbow Impingement Syndrome)이에요. 99년에 당했던 부상과 같죠."

"……."

"많은 부상이 그렇듯 정도에 따라 다르지만…… 미스터 사바시아의 경우는 수술까지 생각해야 하는 수준이에요. 구단 사정과 선수의 의지에 따라 재활로 결정했을 뿐이고요."

그녀의 정확한 설명에 필 휴즈가 굳은 얼굴로 되물었다.

"그럼 두 달 안에 못 돌아올 수도 있는 겁니까?"

"그건 하늘에 달렸다고밖에 말씀 못 드리겠네요."

"후우……."

모두의 마음에 경각심이 새겨졌을 때.

김신의 목소리가 훈련장을 울렸다.

"다들 아시겠지만 미스터 사바시아의 경우도 있고, 이제 좀 더 세심히 체력을 관리하고 부상을 조심해야 할 시기가 왔습니다. 그래서 피칭 훈련은 이제 그만하고자 합니다."

"아……."

나머지 훈련이 없어졌다는 기쁨과 앞으로의 걱정이 교차하는 듯 산체스가 탄성을 내지를 찰나.

김신이 말을 이었다.

"단, 그만하는 건 '피칭'뿐. 경기 자료를 바탕으로 한 분석은 계속 진행하겠습니다. 아마 그것만으로도 많은 도움이 될 겁니다."

"쳇, 좋다 말았네."

산체스의 불퉁거림과 함께, 세 선발투수의 고개가 끄덕여 졌다.

"그럼 당장 시작하죠. 콘돌 씨, 오늘 휴즈 선배의 자료 좀 띄워 주세요."

"옙, 이쪽으로 모여 주십시오."

필멸자의 격렬한 몸부림이 다시금 시작됐다.

다음 권으로 이어집니다

ROK MEDIA
유우리 퓨전 판타지 장편소설
상위 0.0001% 랭커의 귀환
현실이 된 던전 아포칼립스 게임
빚더미 취준생에서 영웅이 되다!
서비스가 종료된 망겜 '드림 사이드'
그리고 드림 사이드 2 오픈일에 돌아온 건……
[#0115 채널이 개설되었습니다.]
[환영합니다. 이곳은 '지구 에어리어'입니다.]
[퀘스트가 도착했습니다.]
N포조차 아닌 N무 세대 강서준
바뀌어 버린 이 세상에서 그가 가진 최고의 무기
극악의 난이도인 드림 사이드 랭킹 1위!
천외천 중의 천외천 플레이어
나만 이 게임을 공략할 수 있다!

# 천하무적 운가장

운천룡 신무협 장편소설

**무공은 신의 경지지만 세상은 처음!**
**사부를 위해 강호 무림 절대자들이 모였다!**

자신이 얼마나 오래 살았는지조차 모르는
불사의 육체를 가진 운천룡

세상을 향해 나가려 할 때마다
거둬들인 세 명의 제자들
하나씩 하산시키고 나니 너무 보고 싶다!

단 한 번도 속세로 나가 본 적이 없던 천룡은
제자들을 만나기 위해 드디어 길을 나서는데……
제자들의 신분이 범상치 않다?

**강호 삼황과 함께하는 무림 생활**
**어서 오세요, 운가장입니다!**

# 꿈의 도약, 로크에서 하십시오
## (주)로크미디어에서 신인 작가를 모십니다

즐거운 세상, 로크미디어는 꿈을 사랑하고 도전을 두려워하지 않는 작가 분들의 참신한 작품을 기다리고 있습니다. 21세기 장르 문학계를 이끌어 갈 차세대 선두 주자 (주)로크미디어에서 여러분의 나래를 활짝 펴 보시길 바랍니다.

**모집 분야** 판타지와 무협을 포함한 장르 문학
**모집 대상** 아마추어 작가, 인터넷 작가
**모집 기한** 수시 모집
### 작품 접수 시 유의 사항
1. 파일명은 작가명_작품명.hwp형식을 갖춰 주십시오.
1. 파일에 들어갈 내용은 다음과 같습니다.
   - 성명(필명인 경우 실명을 밝혀 주세요), 연락처, 이메일 주소
   - 제목, 기획 의도
   - A4용지 1장 분량의 등장인물 소개
   - A4용지 2장 분량의 전체 줄거리
   - 본문
1. 작품이 인터넷에 연재되고 있다면, 게시판명과 사이트의 구체적이고 정확한 주소를 기재해 주십시오.

선택된 작품은 정식 계약 후 출판물로 간행되어 전국 서점에 유통됩니다.
작가 분은 (주)로크미디어의 전폭적인 지원하에 전속 작가로 활동하시게 됩니다.
※ 자세한 내용은 로크미디어 홈페이지(rokmedia.com)를 참조하세요.

(04167)서울시 마포구 마포대로 45 일진빌딩 6층
(주)로크미디어 편집부 신간 기획 담당자 앞
전화 : 02) 3273-5135
www.rokmedia.com    이메일 : rokmedia@empas.com